Glücklichsein

Manfred Kranz

Glücklichsein

Glückspfade aufspüren

Glückssplitter auflesen

Glücksmomente nachempfinden

Illustrationen: Kerstin Arndt

Bibliografische Information der Deutschen Nationalbibliothek:
Die Deutsche Nationalbibliothek verzeichnet diese Publikation in der Deutschen
Nationalbibliografie; detaillierte bibliografische Daten sind
im Internet über < http://dnb.d-nb.de > abrufbar.

© 2007 Manfred Kranz
Illustrationen und Umschlagentwurf: Kerstin Arndt
Satz, Umschlagdesign, Herstellung und Verlag: Books on Demand GmbH, Norderstedt
ISBN 978-3-8334-6995-4

Glückspfade aufspüren

(Anne findet ihr Glück)

Ein Zuhause haben

Wir strampeln uns auf dem Rad aus der Stadt in Richtung Norden. Seitliche Windböen lassen uns auf den Radwegen Schlangenlinien fahren. Nach etwa einer Stunde erreichen wir ein Wohngebiet mit Einfamilienhäusern. Am Ende der Allee kuschelt sich ein Fachwerkhaus unter altem Baumbestand. Ich klettere über den Gartenzaun. Mein Gefährte Uwe schaut etwas ratlos drein. Er meldet Bedenken an: „Wenn wir einen Bruch machen wollen, scheint es ratsam, mit Maske zu arbeiten!" Doch er kommt mir hinterher gedackelt und signalisiert Einverständnis. Hinten im Garten versteckt sich ein Schuppen für Gartengeräte und Kaminholz. An gewohnter Stelle sind die Hausschlüssel versteckt.

Beim Öffnen der Haustür schlägt uns ein stickiger, miefiger Geruch entgegen. Im Innern ist es stockfinster. Licht geht nicht anzumachen. Mit meiner Halogenleuchte vom Fahrrad finden wir in einer Nische den Sicherungskasten. Die verstaubten Lampen spenden ein gedämpftes Licht. Die Rollladen werden hochgezogen, Gardinen beiseite geschoben, die Fenster aufgerissen. Durch alle Räume fegt ein frühlingshafter Wind. Er lässt die Vorhänge und Gardinen umherflattern.

Das Frischwasserventil wird geöffnet. Durch die Wasserhähne fließt erst prustend eine braune Soße. Mit nachfließendem frischen Wasser lassen sich die Becken säubern. Mit der Warmwasserbereitung gibt es Probleme. Das Heizungssystem wurde entleert, Uwe kann es nicht füllen. Die entsprechenden Anschlussstücke für den Schlauch sind nicht auffindbar. Uwe hilft mir dabei, alle Übergardinen und Stores abzunehmen und in einen Plastiksack zu stopfen. Wir verschnüren ihn hinten auf seinem Fahrrad, er soll entsorgt werden. Ich muss Uwe überreden, einen 50 Euro Schein anzunehmen. Es ist kurz vor Ultimo, und er hat keinen Cent in der Tasche. „Heute Abend lädst du deine Familie zum Essen ein und in den nächsten Tagen schließt du die Heiztherme an."

Er hält den Schein zwischen Zeige- und Ringfinger.

„Meine Armut kotzt mich an," stößt er hervor.

„Ein Minister empfiehlt mir, ich soll auf Urlaub verzichten und für die

Rente sparen. Weiß der, wie es vielen von uns geht?" Nach einer Pause: „Morgen hast du warmes Wasser und die Heizung arbeitet." Er steckt den Schein ein, schwingt sich aufs Rad und zischt ab. Er ist Handwerksmeister und seit fünf Jahren arbeitslos. Ab und an drückt man ihm 1-Euro Jobs auf.

Ich inspiziere das ganze Haus, insbesondere die Zimmer im Dachgeschoss: Wilhelms ehemaliges Arbeitszimmer, das Kinderzimmer und das kleine Bad. Staub und Spinnenweben deuten darauf hin, dass die Zimmer nicht genutzt worden sind. In der Wohnküche setze ich mich auf Wilhelms Lieblingsplatz. Den Ausblick auf Teich und Bienenstand, dahinter Wacholder und Birke scheint er in seine Seele eingepflanzt zu haben. Hier saß er auch bei unserem letzten Gespräch vor etwa zwei Monaten. Er verkündete, dass er eine Pilgertour machen werde. Er müsse Abstand gewinnen von den ganzen Problemen, die ihn belasten. Sein Entschluss stand fest, der Rucksack war gepackt, die Wanderschuhe geschnürt. Da gibt's nichts zu löten, an der Kiste aus Holz – einer von Wilhelms Lieblings-Sprüchen. Er hat bestimmt nichts dagegen, dass ich bei ihm einziehe.

Es ist allmählich dunkel geworden. Ich habe aus dem Schuppen eine Rubbel mit Holzkloben geholt. Da sie gut ausgetrocknet sind, entsteht ein lustiges Feuer, das die Stube flackernd erhellt. Auf den kleinen Tisch drapiere ich die Esssachen aus meinem Rucksack. Ich mache es mir auf der Couch bequem und mümmele genüsslich Obst, Knäckebrot und Käse. Ohne Gardinen ist der Raum einzusehen. Ich fahre die Jalousien nicht ganz nach unten, lasse zwischen den einzelnen Lamellen Schlitze entstehen. Ein angekipptes Fenster sorgt für frische Luft. Im Kamin haben auch dicke Stücke Feuer gefangen. Während ich auf dem Sofa sitze und das Spiel der züngelnden Flammen beobachte, spüre ich im Gesicht die Wärmestrahlung. Die friedvolle Einsamkeit tut mir gut.

Ich träume in Bildern meiner Kindheit. Meine Großmutter taucht auf, die mich immer liebevoll umhegte. Lang vergessene Erinnerungen werden wach. Dabei verblassen die Bilder der nahen Vergangenheit. Der Engel, der durch den Raum schwebt, hat die Gesichtszüge meiner Großmutter. Ihr Gesichtsausdruck verrät mir, dass sie sich über meinen Entschluss freut, in ihr Haus gekommen zu sein. Die rote erlöschende Glut macht mich müde.

Ich schiebe mir das Kissen unter den Kopf und ziehe die Decke über die Schulter, lächelnd falle ich in einen behüteten Schlaf.

Sozialen Kontakt suchen

Es ist wenig sinnvoll, mit dem eigenen Schicksal zu hadern. Entweder akzeptiert man den Schlamassel, in dem man steckt, oder man geht dagegen mit aller Kraft an. Gut ist es, sich in eine Gemeinschaft von Gleichgesinnten einzuordnen. Das gibt innere Sicherheit. Eine kleine Provinz meines Lebens befindet sich zurzeit in einem alten Fabrikgebäude. Um 6 Uhr wird es geöffnet, kurz danach betreten es die ersten Kursteilnehmer. Im 2. Stock befindet sich der Fachraum für den Altenpflegedienst. Meist setzt Nicole, eine ehemalige Zahnarztassistentin, die Kaffeemaschine in Gang. Ab 4 Uhr putzt sie in einem Schreibbüro für drei Euro die Stunde. Sie achtet darauf, dass genügend Geld in der Kaffeebüchse vorhanden ist. Um 8 Uhr sitzen wir 22 Kursteilnehmer auf unseren angestammten Plätzen.

Unsere Dozentin Conni legt die frischen Brötchen auf dem Kaffeetisch ab. Denn nach allgemeiner Begrüßung wird erst einmal bis 10 Uhr gearbeitet. Heute ist das zentrale Thema der Dekubitus. Die Arbeitsblätter werden in einzelnen Gruppen erarbeitet. Nach der lang erwarteten Frühstückspause schiebt Conni ein Krankenbett in die Raummitte.

„Heute geht es um das Waschen und Windeln eines Pflegebedürftigen. Wer spielt den Bedürftigen, wer den Akteur?" Wir sind überrascht, dass sich Bernhard meldet, als abgebrochener Philosophie-Student, unser kritischer Geist.

„Ich kann mir gut vorstellen, wer dich pflegen soll", lacht die aus Sibirien stammende Natascha.

„Wissen wir alle", ergänzt ihre Freundin Swetlana aus Kasachstan, „natürlich sein heimlicher Schwarm Petra!" Und schon liegt Bernhard mit Socken und Slip auf dem Bett. Conni schnallt ihm Pampers um und deckt ihn zu. Das Rollenspiel kann beginnen.

Petra nimmt das Tuch beiseite und rümpft die Nase: "Im Geschäftemachen haben sie was drauf, Herr Philosoph, das muss man ihnen lassen!"

Gestik und Mimik, wie sie die volle Windel zusammenfaltet und in den Eimer wirft – wir müssen alle schallend lachen. Beim Wechseln des Lakens braucht sie Connis Hilfestellung, doch dann dreht sie ihr Opfer, wäscht es von Kopf bis Fuß, rasiert Bernhard, windelt ihn und deckt ihn zu. Als er einen Kussmund macht, herrscht sie ihn an:" Sie waren störrisch und haben nicht richtig mitgearbeitet."

Darauf befiehlt Bernhard:"Rollstuhl!"

„Aber nicht mit mir!" protestiert Petra.

Unaufgefordert meldet sich Natascha. Sie schiebt den Rollstuhl ans Bett, lässt Bernhard aufrecht sitzen, dreht ihn um neunzig Grad, schiebt ihn auf den Rollstuhl und diesen quer durch den Raum. Conni winkt unter Lachen ab:„Beim Bedienen des Rollstuhls wurde fast alles falsch gemacht, das trainieren wir morgen."

Danach diskutieren wir unser heutiges Thema, wie es zu wunden Stellen in der Haut kommt, über Ursachen, gefährdete Personen, Anzeichen und vorbeugende Maßnahmen. Ich bin 18, Evi ist 52 und arbeitet schon im sozialen Bereich. Elke hat keinen Schulabschluss. Tatjana hat sie einmal gefragt, ob sie in der Schule nicht gelernt hat, wie man lernt? Der Algerier Armin ist studierter Jurist, dessen Examen man in Deutschland nicht anerkennt. Jeder von uns trägt ein anderes Schicksal mit sich herum. Connis freundliche und verständnisvolle Art hält uns alle zusammen, wir sind eine eingeschworene Gemeinschaft.

Auf eigenen Wunsch haben zwei Kursteilnehmer die Gruppe verlassen. Wir anderen haben die Gewissheit, dass wir nach acht Wochen die Abschlussprüfung bestehen werden. Unsere Bewerbungen haben wir schon losgeschickt. Die meisten von uns haben bereits eine Zusage. Natürlich kann man im Bereich der Altenpflege nicht reich werden. Wir leben jetzt alle am Existenzminimum. Man hat uns von dem normalen gesellschaftlichen Leben abgekoppelt. Für die Konsumgesellschaft sind wir nutzlos. Es fällt schwer, sich nicht von der Armut erdrücken zu lassen, sondern sich mit ihr zu arrangieren. Unser „Philosoph" sagt: „Wir sind im tiefen Tal, haben aber festen Boden unter den Füßen, keiner ist drogenabhängig oder hat sich aufgegeben. Als ungeschützte Arbeiter gehören wir dem Prekariat an, in der neuen Unterschicht sind wir nicht allein, ihr gehören über sechs Millionen Deutsche an."

Uwe erklärt es drastisch: „Um aus dieser Niederung, wenigstens in befristeten Zeitabschnitten, raus zu kommen, wische ich auch alten Menschen den Hintern ab."

Conni hat gesehen, dass Nicole vor Müdigkeit die Augen zufallen. „Anne, du siehst am frischsten aus", spricht sie mich an. „Lies uns bitte zum Abschluss einen kleinen Zeitungsartikel vor."

Es geht um einen alten Mann, der von einem Pflegeheim in ein Krankenhaus eingeliefert wurde. Seine Pflege wurde schwer vernachlässigt. Mehrere Stellen waren durchgelegen, keine Haut schützte das rohe Fleisch. Der behandelnde Arzt diagnostizierte, dass der Patient große Schmerzen hatte. Nun wird das Pflegepersonal angeklagt wegen schuldhaften Verhaltens im strafrechtlichen Sinne.

Nach diesem Schocker schließt Conni den Unterricht, sie wünscht uns ein schönes, erlebnisreiches Wochenende. Als wir dabei sind unsere sieben Sachen zusammenzupacken sagt sie: „Wer morgen Lust und Laune hat, eine Radtour im Umland zu machen, kann um neun Uhr am Bahnhof Spandau sein."

Uwe fragt: „Was kostet der Spaß?"

„Pro Person mit kleinem Imbiss cirka 15 Euro."

Ihr Vorschlag scheint auf wenig Zustimmung zu stoßen. Spontaneität ist gefragt, da hält man sich lieber bedeckt.

Vielleicht haben sie ihr Wochenende schon fest verplant. Bin gespannt, wer morgen früh am Bahnhof ist.

Bei meinem Gang zum Fahrrad denke ich zurück: Als Schulabgängerin wollte mich das Arbeitsamt nicht vermitteln. Doch eine Mitarbeiterin war mir wohl gesonnen. Weil eine Stelle im Kurs für Altenpflege frei war, gab sie mir einen „Bildungsgutschein". Erst habe ich mich innerlich gesträubt, doch die Menschen in diesem Kurs haben mich fasziniert. Mein erster

Eindruck war, dass sie „Schlaffis" sind, ausgepowert, müde. Als Verlierer fühlen sie sich hilflos, haben keine Kraft mehr, sich aufzubäumen. Fast alle haben schon mehrmals ihren Job verloren. Hinzu kommen Probleme mit ihrem Partner. Bis auf Uwe hat keiner eine „intakte" Ehe oder Partnerschaft. Recht hilflos trudelt man von einem Tag in den nächsten. Keiner ist finanziell abgesichert, ihre Armut deprimiert sie, sie sind erschöpft. Conni kennt den seelischen Zustand ihrer „Patienten". Sie versteht es, sie aufzubauen. Sie quatschen sich aus, lachen über ihre Unzulänglichkeiten. Elke zum Beispiel leidet unter Essstörungen. Von unserem Minibuffet isst sie keinen Happen. Sie macht sich heimlich ein kleines Päckchen für zu Hause. Als ich mit ihr allein im Kopierraum bin heult sie sich aus, erzählt von ihrem Kind, das bei ihren Eltern lebt. Ich werde ihr helfen, einen geeigneten Praktikantenplatz zu bekommen, Solidarität der Ausgestoßenen.

Abends vor dem Einschlafen lasse ich alle Kursteilnehmer revue passieren. Interessant sind die Russland-Deutschen aus Kasachstan und Zentralasien. Zwei von ihnen sind mit deutschen Männern verheiratet. Nach drei Jahren haben sie ihr Aufenthaltsrecht und werden sich scheiden lassen. Ständig trauern sie Werten nach, die sie früher verflucht haben: Gehorsam, Disziplin, Konformität. Jedenfalls werden sie nicht von Depressionen geplagt.

Ich stelle mir den Wecker und freue mich schon jetzt auf die Radtour.

Immer kleine Freuden aufpicken

Wir warten bis zehn nach neun, dann müssen wir hoch auf den Bahnsteig, weil der Zug einfährt. Ich bin die einzige, die gekommen ist. Conni scheint darüber nicht traurig zu sein. Nachdem wir die Räder verstaut haben, sitzen wir gemütlich in einem Abteil und lassen die Frühlingslandschaft an uns vorbeigleiten. Selbstverständlich will Conni etwas über mich erfahren. So erzähle ich, dass ich die Schule geschmissen habe und zurzeit allein lebe. Ich finde es super von ihr, dass sie das zur Kenntnis nimmt und nicht weiter nachfragt. Nach einer kurzen Pause schaut sie mich intensiv an:

„Du könntest meine Tochter sein, deshalb nehme ich mir das Recht dir zu raten, deine gymnasiale Ausbildung abzuschließen. Sonst verbaust du dir deine Zukunft. Wenn die Normalschule für dich ein Horror ist, so gehe auf ein Abendgymnasium für Berufstätige. Ausreichende Informationen erhältst du im INTERNET."

Mein Handy meldet sich, Uwe ist dran, er hat den Zug verpasst. Ich übergebe an Conni. Die schaut auf die Uhr, überlegt und schlägt einen Treffpunkt in einer INFO-Scheune in Linum vor.

In Neuruppin haben wir unser Fahrtziel erreicht. Wir kurven durch die Altstadt und erweisen Theodor Fontane unsere Reverenz. Die über 100 Jahre alte Skulptur wird gerade restauriert. Ein freundlicher Mann schabt die Schmutzschichten von dem metallenen Körper. Er lächelt:

„Ich gestatte mir, ihnen für den heutigen Tag eine Weisheit unseres Dichterfürsten mit auf den Weg zu geben: „Immer die kleinen Freuden aufpicken, bis das große Glück kommt. Und wenn es nicht kommt, dann hat man wenigstens die kleinen Glücke gehabt."

Eine Brücke führt uns auf die andere Seite des Ruppiner Sees, dort geht es in Richtung Süden am Ufer entlang. Kraftvolles Treten in die Pedalen und konzentriertes Lenken auf glitschigen Wegen erfordern unsere Aufmerksamkeit. Ab und an steigen wir vom Rad, beobachten das gefiederte Volk auf dem See. Die Haubentaucher haben es uns angetan. Frühnebel verschleiert das gegenüber liegende Ufer. Leider müssen wir danach eine stark befahrene Straße nehmen. Autos sind umgeleitet, weil es auf der nahe gelegenen Autobahn einen Unfall gegeben hat. Wir sind froh, die NABU-INFO-Scheune endlich erreicht zu haben. Umgehend wähle ich Uwe an und unterrichte ihn von den Verkehrswidrigkeiten. Er disponiert um, wird mit Frau und Kindern die Ruppiner Seen umrunden und eine Dampferfahrt machen. Wir wünschen uns einen schönen Tag.

Kurz entschlossen schließen wir uns einer Gruppe an, die sich auf den Weg macht, Kraniche zu beobachten. Das Glück ist uns hold. Im Schutz einer Hecke sehen wir einige hundert Vögel auf dem Feld stehen. Mit dem Fernglas kann ich einzelne Tiere beobachten. Auf ihren stelzenartigen

langen Beinen stehen sie in stolzer Haltung da mit schwarz-weißem Gefie-
derkleid und buntem Kopf. Einige stehen auf einem Bein.

„Möchte wissen, was sie miteinander reden und warum ab und an einer
trompetet."

Der NABU-Experte beantwortet meine Frage.

„Im Frühjahr landen sie nur kurzfristig bei uns, sie wollen weiter nach
Norden zu ihren Brutplätzen. Sie werden besprechen, wann es morgen
früh losgehen soll."

Vor der Scheune ist eine Kaffeetafel aufgebaut. Bei Obstkuchen mit
Schlagsahne und Milchkaffee höre ich mir den Vortrag von der Hobbyor-
nithologin Conni an. Mein Interesse wächst bei jedem Bissen und jedem
Schluck. Der anschließende Rundgang durch die Ausstellung ist infor-
mativ, er regt mich an, ein dickes, buntes Buch über Kraniche zu kaufen,
faszinierend der mythologische Teil, den ich mir heute Abend reinziehen
werde.

„Von Hans Sachs gibt es die humorvolle Geschichte von dem einbeinigen Kranich" erzählt Conni. „Die Geliebte eines Kochs verlangte nach
einem Kranichbein. Der Koch konnte der Bitte nicht widerstehen. Folglich
servierte er seinem Herrn den Braten nur mit einer Keule. Der erzürnte
sich mächtig und stellte den Koch zur Rede. Er erklärte, dass der Jäger
einen einbeinigen Kranich geschossen habe, von denen gebe es viele in
diesem Jahr. Auf den Feldern standen tatsächlich etliche Kraniche auf
einem Bein. Dem Herrn gefiel die schlitzohrige Erklärung des Kochs, er
ermahnte ihn, aber lächelte."

Unaufgefordert setzt sich zu uns ein junger Mann, den Conni vorstellt:
„Das ist Reto, nimm dich in acht vor ihm, er hat ein gewinnendes Wesen
und ein stürmisch schlagendes Herz nicht nur für die Kraniche sondern
auch für junge hübsche Frauen!" Sie verschwindet in die Scheune, um
Gemüse und Marmelade einzukaufen und Reto spult seine Kranichge-
schichten ab. Erzählt, dass vor 4000 Jahren in China, Indien und Ägyp-
ten Kraniche als Hausgeflügel gehalten wurden. Sie galten als die Vor-
nehmsten aller Gefiederten. Da sie Raubwild mit lauten Trompetenstößen
anzeigten, übernahmen sie die Funktionen von Wächtern. Der Wächter

hatte einen Stein in der Kralle seines hochgezogenen Fußes. Wenn er einschlief, ließ er diesen fallen. Dadurch wurde er wieder wach. In der griechischen Mythologie tragen fliegende Kraniche über dem Taurus Steinchen im Schnabel, damit sie nicht durch eigene Rufe verraten und Opfer von den gefürchteten Adlern werden. Bei den Ägyptern ist der Kranich der Sonnenvogel, bei den Römern der Kluge und Vernünftige, bei Schiller der Richtende bei allen aber in erster Linie der Vogel des Glücks.

Conni unterbricht seinen Vortrag; „Der Kuchen geht zur Neige, deine Mutter bittet dich, für Nachschub zu sorgen!"

Reto geht in die Backstube und wir zu unseren Rädern. Auf der Rückfahrt nehmen uns die endlosen Baumalleen auf. Ab und an halten wir inne und beobachten die ankommenden Kranichformationen. Auf den Feldern grünt die Wintersaat etwa eine Handbreit hoch. Um sie zu schützen hat man in etwa 50 Meter Abstand Flatterleinen gespannt. Die Grus grus scheinen die zwischen liegenden Flächen als Landebahnen anzusehen. In Feldmitte schweben sie an einem reich gedeckten Tisch ein.

Conni kommentiert: „Für eine vitaminreiche Zwischenmahlzeit ist gesorgt. Morgen früh starten sie in Richtung Nordosten." Die Abendsonne macht riesige Wolkenberge transparent, lässt die bizarren Umrisse hell aufleuchten.

„Der heutige Tag ist nicht eine kleine, sondern eine große Freude. Es war mir vergönnt, die Vögel des Glücks kennen zu lernen." Meine Dankesworte nimmt Conni lächelnd entgegen, kann es aber nicht lassen, mich anzuflachsen: „Hat dazu auch der charmante Reto beigetragen?"

Erlittenes Unheil überwinden

Ich schaue aus meiner Wohnung auf die seitlich verlaufende Häuserfront. In einigen Fensterflächen flackern unruhige Lichtreflexe. Sie werden von Fernsehern hervorgerufen. Der zweite Weihnachtstag letzten Jahres kommt mir ins Gedächtnis: Nach einer durch Drogen aufgeputschten Nacht in einer Nobeldisco haben wir in der Wohnung meiner Eltern weitergefeiert.

Völlig überraschend erscheint Wilhelm. Wortlos geht er zum Fernseher, schaltet das Gerät ein, nötigt mich, davor Platz zu nehmen und verschwindet wieder. Es dauert eine Zeit, bis ich verinnerliche, dass die Horrorbilder aus Sumatra stammen, aus Banda Aceh, wo meine Eltern Urlaub machen. Plötzlich dreht sich alles in meinem Kopf. Ich will allein sein, schmeiße alle kurzerhand raus. Zusammengekauert und fassungslos kauere ich im Sessel. Das Flimmern des Fernsehers macht mich irgendwann wach. Zuerst denke ich, einen bösen Traum gehabt zu haben. Dann taucht Wilhelm auf und wir heulen uns gemeinsam in den neuen Tag.

Heute, fast ein Jahr danach, packe ich meine Klamotten.

Der Türsummer meldet, dass jemand draußen vor der Tür steht. Das Geräusch ist mir lästig, ich will es überhören. Unwillig gehe ich endlich zur Tür und öffne sie. Draußen stehen Beate und Henrik. Unaufgefordert drängeln sie sich gleich in die Wohnung. Beate beginnt: „Wir kommen, um dich in die Pizzeria einzuladen." „Mal die vier Wände verlassen, lachen und fröhlich sein", ergänzt Henrik.

„Die Bude werde ich tatsächlich verlassen, übermorgen ist sie leer. Muss nur noch die letzten Kartons packen. Um es vorweg zu nehmen: Das möchte ich allein machen."

Henrik mokiert sich: „Nun sei mal nicht so grantig! Wir haben alles getan. Dass du ein Jahr verloren hast, ist nicht unsere Schuld."

„Zur Richtigstellung: Ich habe meine Eltern verloren, nicht aber ein Jahr meines Lebens."

„Ich kann dich gut verstehen", lenkt Beate ein „hast keinen Bock, mit uns essen zu gehen, willst deine Klamotten allein zusammenpacken". Sie schiebt Henrik auf den Flur und dann aus der Tür, „bis später!"

Im Nebenzimmer stapeln sich die Kartons. Als die Wohnung meiner Eltern aufgegeben wurde, hat Wilhelm alles zusammengepackt, was ihm wichtig erschien. Ich war zu dieser Zeit auf Sumatra. Meines Erachtens kann vieles von dem Krempel auf den Müll. Beim Umschichten der Kartons meine ich den Türsummer zu hören.

Ich gehe in den Flur und glaube meinen Ohren nicht zu trauen. Beate singt auf dem Treppenflur ein Alleluia aus den Taizé-Gesängen. Als sie den zweiten Gesang anstimmt mit „Hallelujah! Ehre sei dir Herr!" öffne ich die Tür. Singend überschreitet sie die Schwelle und veranlasst mich einzustimmen. Von diesem Choral gibt es etwa 20 Variationen. Als wir den fünften beendet haben. „Für immer will ich dein Erbarmen besingen" ist das Zimmer abgedunkelt, eine ruhig brennende Kerze auf dem Tisch bescheint zwei Pizzen und eine Flasche Wein.

Wie in Taizé sprechen wir ein kleines Gebet von Frère Roger, dessen letzte Zeile lautet:

„Und du sagst uns: Kommt zu mir, die ihr euch mit Lasten abmüht, ihr werdet Ruhe finden."

Irgendwann höre ich mich sagen: „Heute stelle ich ohne Vorbehalte fest: Niemals war ich so glücklich wie bei unserem gemeinsamen Ferienaufenthalt in Taizé."

„Glückliche Events beim Kartoffelschälen, die einprägsamen Choräle ließen unsere knurrenden Mägen verstummen."

Sie erzählt von der Academica de Sciencias mit ihrer gigantischen Uhr in der faszinierenden Stadt Barcelona, wo sie seit einem Jahr Romanistik studiert, von den alten Epochen der Romanik, Gotik und Renaissance aber auch von dem modernistischen Stil des genialen Antoni Gaudi. Sie schenkt mir Hin- und Rückflug, um mit ihr in der alten Straßenbahn auf den 350 Meter hohen Tibidabo zu fahren, den herrlichen Blick über die Stadt zu genießen. Bei einem Glas Roséwein nimmt sie mir das Versprechen ab, sie demnächst zu besuchen.

Dann aber besteht sie mit Nachdruck darauf, dass ich erzählen soll, wie es mir ergangen ist und wie es um mich steht. Wir haben die Pizza gegessen, sie schenkt uns Wein ein und schaut mich aufmunternd an.

„Generell kann man nichts dagegen einwenden, Vermisste zu suchen, besonders, wenn es die eigenen Eltern sind. Doch Wilhelm hat mit Recht von meinem damaligen Vorhaben abgeraten. Jedenfalls bin ich nach Kuala Lumpur geflogen. Es gelang mir, zu einer internationalen Hilfsorganisation Verbindung aufzunehmen, zu den Médecins sans Frontières, den „Ärzten ohne Grenzen". Mit deren Hilfe kam ich in das Katastrophengebiet der Provinz Aceh. Dort drangen die über 30 Meter hohen Wellen bis zu vier

Kilometer in das Land hinein. Sie haben alles niedergewalzt, auch die Hoffnung, meine Eltern lebend wieder zu sehen. In Trümmern und auf Bäumen sah ich halb verweste, stinkende Leichen.

Auf dieses Horrorszenario war ich innerlich nicht vorbereitet. Ein Arzt diagnostizierte meinen seelischen Zusammenbruch. Er setzte mich für die Betreuung von Kindern ein, die Eltern und Verwandte verloren hatten. Ich bekam die Gelegenheit, meine eigene Situation in einem anderen Licht zu sehen. Im Gegensatz zu den kleinen Vollwaisen war ich in der Lage, mein Leben selbst in den Griff zu bekommen."

„Wie lange warst du da unten, hattest du Kontakt zu deinem Großvater?" will Beate wissen.

„Nach knapp drei Monaten kam ich zurück. Wilhelm holte mich vom Flughafen ab, ich war ein seelisches Wrack, hatte Albträume, in den Träumen verfolgten mich die Leichen auf den Bäumen. Sie hatten die Gesichter von meinen Eltern. Wilhelm hatte nicht nur die Last mit mir. Die Auflösung der elterlichen Wohnung, die Regelungen der finanziellen Verbindlichkeiten brachten den alten Mann an den Rand der Belastung. Das kann ich erst heute nachempfinden. Vor zwei Jahren ist seine Frau gestorben, nun ist seine einzige Tochter umgekommen. Ich fühle mich tief in seiner Schuld."

Ich muss am Wein nippen, kann aber ein leichtes Schluchzen nicht unterdrücken. Beate lässt mir Zeit. Als ich mich gefangen habe, fahre ich fort: „Zwei Monate später bekamen wir die Nachricht, dass meine Eltern durch DNA-Analyse identifiziert sind. Im Spätsommer flogen wir nach Banda Aceh zur Beisetzung. Die Zeremonie hat uns beide innerlich bewegt. Die Asche von über 100 Opfern befand sich in einer Schale vor einem Tempel. Ein Windstoß wehte sie auf das Meer. Nach unserer Rückkehr kamen wir allmählich zur Ruhe. Für die Opfer des Tsunami hat man in unserer Stadt eine Stele gebaut. Wir hoffen, Frieden zu finden."

Es tut gut, sein Herz auszuschütten: „Allmählich verblassen die traumatischen Erlebnisse, ich verlasse das Tal der Niedergeschlagenheit und der Depressionen. Man sagt, im tiefsten Unglück gibt es immer ein

Fünkchen Glück. Damals habe ich den Entschluss gefasst, Medizin zu studieren. Das Ziel verfolge ich mit ganzem Herzen."

„Wer nie am Abgrund war, dem wachsen keine Flügel. Dir werden Flügel wachsen, du wirst die Leichtigkeit des Lebens, deine Heiterkeit wieder gewinnen", muntert mich meine Freundin auf. „Glück ist nicht die Abwesenheit von Unglück, sondern seine Überwindung. Du bist auf dem besten Weg, das Unglück, das dir widerfahren ist, zu überwinden."

„Anne", denke ich bei mir „du bist ein Glückspilz, eine Freundin wie Beate zu haben. Unsere Freundschaft wird mich die tiefsten Abgründe überwinden lassen."

Nicht mehr allein

Ich wundere mich über mein gegenwärtiges Verhalten. Mein Elternhaus machte mich zu einer verwöhnten Göre. Als einzige Tochter hat mir mein Vater jeden Wunsch erfüllt, die Hauptsache war, dass alles nach seinem Plan lief. Ich war gehorsam und meine Mutter putzte sich und das Silber für die vielen Events mit den Geschäftsfreunden. Ich brauchte mich in meinem Leben noch nicht krumm zu machen. Jetzt ackere ich, und es macht mir sogar noch Spaß. Im Haus spiele ich den Putzteufel, nun schwitze ich bei der Gartenarbeit. Das Laub, das die Stauden im Winter geschützt hat, muss nun abgeharkt, der Rasen außerdem vertikutiert werden.

Im Schuppen sind die Gartengeräte untergebracht. Beim Hervorkramen von Harken entdeckte ich, dass sich an Decke und Wänden unzählige Schmetterlinge angesiedelt haben. Als einige die Flügel aufklappen, erkenne ich sie als Tagpfauenaugen. Die Falter haben hier in den kalten Monaten ihren Unterschlupf gefunden. Ich lasse die Tür offen stehen und sichere sie durch einen Keil. Der Schmetterlingsflieder an der Südseite der Schuppenwand wird erst in einigen Monaten blühen, auf ihre Lieblingsmahlzeit müssen sie noch warten. Wilhelms Lieblings-Falter ist der Hauhechel-Bläuling, als Kind liebte ich die Goldene Acht.

Neben dem verwaisten Bienenhaus habe ich die Laubsäcke aufgeschichtet. Wegen der Varroa-Seuche hat Wilhelm das Imkern aufgegeben. Dafür hat er einen Stand gebaut für Wildbienen, Hummeln und Hornissen. In einer Verschnaufpause beobachte ich die Hummeln wie sie noch etwas unschlüssig eine Sommerwohnung suchen. Wie die emsigen Wildbienen sucht Wilhelm sein Glück in der Beschäftigung. „Die Arbeit lacht mich an", ist einer seiner Lieblingssprüche." Seine Frau war aus gleichem Holz geschnitzt. Sie war meine Lieblingsoma, die „Märchentante" meiner Kindheit. Ich hatte zu ihr einen innigeren Kontakt als zu meiner berufstätigen Mutter. Sie vergoldete meine Kindheit, umsorgte mich, wenn ich krank war, hatte Verständnis für meine Spielleidenschaft. Als ich ein Teenager war, ist sie von uns gegangen. Zweifellos hat ihr Tod Wilhelm mehr getroffen als mich. Die Golfschläger stehen verstaubt in der Ecke wie auch sein Akkordeon, Garten und Haus machen einen etwas heruntergekommenen Eindruck. Als es schien, dass er das Tief überwunden hatte, wurde ihm die Tochter genommen.

Nach der Gartenarbeit mache ich mir einen Topf Tee und setze mich oben an Wilhelms Schreibtisch. Ich kann zufrieden sein, wie sich die Dinge in den letzten Tagen entwickelt haben. Die Stadtwohnung habe ich aufgegeben, Uwe ist dabei, sie zu renovieren. Die Möbel hat der Trödler bekommen, die Kartons habe ich in die Garage stapeln lassen. Wilhelms „Oldtimer" haben wir nach draußen geschoben und eine Plane rübergezogen.

Am Wochenende werde ich die Prüfung als Altenpflegerin ablegen. Vorgestern habe ich mich bei einem Institut für Hauskrankenpflege beworben. Gestern haben sie mir einen Auftrag erteilt. Ein alter Mann in einer Laubenkolonie sollte versorgt werden. Ich hatte Mühe, die Hütte zu finden. Der alte Mann lag mit seiner Katze im Bett. Der Gestank animiert mich zu sagen: Er hatte sich vollgeschissen, sein Schmusetier hatte das Bett vollgekotzt. Nachdem ich draußen Luft geholt habe, fegte ich die Katze raus, stellte den gebrechlichen Alten in eine Zinkwanne und schrubbte ihn von oben bis unten ab. Dann hievte ich ihn in das neubezogene Bett, rasierte und gab ihm zu essen. Auf Anordnung bekam er zwei Schnäpse und eine Flasche Bier. Die Flasche Klaren wurde versteckt, doch bisher hat er sie immer gefunden. Die Katze ließ sich von mir nicht waschen. Deshalb sperrte ich sie aus, sie soll erst einmal auslüften. Zuhause stellte ich mich unter die Dusche. Am Abend rief man mich an. Ich hätte die „Aufnahmeprüfung" bestanden und könne in der nächsten Woche anfangen.

Abends las ich in der „Provinz des Menschen" von Elias Canetti: „Jeder ist zum Hüter mehrerer Leben bestellt, und wehe ihm, wenn er die nicht findet, die er hüten muss. Wehe ihm, wenn er die schlecht hütet, die er gefunden."

Ich danke Gott, dass ich einen Menschen gefunden habe, den ich hüten kann. Ich nehme mir das Versprechen ab, dass ich es gut machen werde.

Plötzlich sehe ich ein Taxi vorfahren, das vor der Gartentür hält. Ich springe auf, renne die Treppe hinunter, reiße die Tür auf und sehe meinen Großvater. Nach der Umarmung wische ich die Tränen der Wiedersehensfreude ab. Ich kann es kaum glauben, dass er den schweren Rucksack über 800 Kilometer getragen hat. Er schaut sich um und sagt: „Du hast dir viel Arbeit gemacht, Ännchen. Am meisten freue ich mich doch darüber, dass du den Weg zu mir gefunden hast."

Ich decke den Abendbrottisch in der Wohnküche. Er sitzt auf seinem Lieblingsplatz und haut mächtig rein. Der spanischen Rotwein aus der Provinz Rioja, die er durchwandert hat, mundet ihm ganz ungemein und löst seine Zunge. Auf meine Frage, was die Menschen treibt, solche Strapazen auf sich zu nehmen, sagt er: „Viele von ihnen haben Probleme, die sie auf dem Pilgerweg abstreifen oder lösen wollen. Aus den Büchern in den Herbergen kann man entnehmen, dass viele nach dem Sinn des Lebens suchen, sie spüren dem individuellen Glück nach. Wenn sie es für einen Augenblick gefunden haben, zerrinnt es ihnen wie feiner Sand zwischen den Fingern. So sind sie ständig auf der Suche. Das Los der Pilger. Nur die Hälfte von ihnen, die in Pamplona losgewandert sind, hat Santiago de Compostela erreicht. Bei vielen hielten die Fußgelenke der Belastung nicht stand, sie entzündeten sich, man nennt es Tendinitis. Ich hatte Glück, bin aus elastischem Holz geschnitzt."

Lerche und Uhu

Wilhelm ist die Lerche. Es gelingt mir nie, vor ihm morgens in der Küche zu sein. Der Duft frischen Kaffees dringt zu mir nach oben, ich fege die Treppe hinunter. Er sitzt am gedeckten Tisch und liest Zeitung. Er legt sie beiseite, steht auf, wir begrüßen uns mit einem gehauchten Wangenkuss.

„Wie schläft es sich unter dem Dach?" fragt er.

„Wunderbar, die quälenden Albträume sind verweht, ich wandere in luftigen Höhen, ich erreiche eine Hütte, es duftet nach Kaffee, ich wache auf."

„Erzähl mir etwas über deine Zukunftspläne", bittet er.

„Heute ist der Abschlusstag meines Lehrganges. Nun bin ich keine ungelernte Arbeiterin mehr, sondern Altenpflegerin. Einen Job habe ich auch schon, nächste Woche fange ich an."

„Das ist ein guter Anfang, wie geht es weiter?"

„Bei meinem Einsatz im Krisengebiet auf Sri Lanka habe ich erfahren, dass Spezialisten gefragt sind. Ich habe beschlossen, Kinderärztin zu werden."

„Dazu muss man Medizin studieren und braucht das Abitur."

„Von meiner Kursleiterin habe ich einen guten Tipp bekommen. Als Berufstätige kann ich mein Abi an einem Abendgymnasium machen. Morgen testen sie mich in Mathe, Deutsch und Englisch. Wenn ich Glück habe, komme ich in das Abschlusssemester."

Wilhelm strahlt: „Das hört sich alles sehr gut an. Du sagst mir, wo und wie ich dir helfen kann."

Ein Blick auf die Uhr zeigt mir, dass ich los muss.

Wilhelm kommt mit nach draußen. Er hilft mir, einen Kasten mit Getränken auf den Gepäckträger meines Fahrrades zu montieren. Er schiebt mich an und schaut mir nach. Bevor ich abbiege, drehe ich mich noch einmal um, wir winken uns zu. Beim Treten der Pedalen meine ich festzustellen, dass sich mein Kräftepotential erhöht hat, ich verspüre Power.

Conni hat sich fein gemacht. Bei der Übergabe des Zertifikats sagt sie jedem einige persönliche Worte. Uwe findet in einer kleinen Dankesrede die passenden Worte. Er macht es hervorragend. Mit dem Buffet haben wir uns große Mühe gegeben. Es hat multikulturellen Charakter: russische, türkische, persische Spezialitäten, natürlich auch französischen Käse. Unser Philosoph hat Brot gebacken, das hervorragend schmeckt. Einige tauschen die Adressen und wollen gleich ein Wiedersehen vereinbaren. Ich bin skeptisch. Alles hat seine Zeit. Conni hat verstanden, aus dieser heterogenen, bunt zusammen gewürfelten Truppe eine Gemeinschaft zu machen. Wir haben alle etwas gelernt, und außerdem hat es Spaß gemacht. Nun beginnt für uns alle ein neues Spiel. Jeder von uns hat einen Job bekommen und wird versuchen, das Beste daraus zu machen, obwohl dieser Job weit von unseren Idealvorstellungen einer beruflichen Tätigkeit entfernt ist.

„Besser den Spatz in der Hand als den Kranich in der Luft", meint Swetlana." Wollen sehen – kommt Zeit, kommt Rat!" Wir sitzen lange beieinander und sprechen uns Mut zu.

Einhalten von Ritualen

Bei meinem Job als Altenpflegerin habe ich keine starren Arbeitszeiten. Meinem Wunsch entsprechend setzt man mich nur bis 16 Uhr ein. Dann habe ich genügend Zeit, bis um 18 Uhr die Abendschule zu erreichen. An Wochentagen bin ich vor 23 Uhr nicht zu Hause. Hier habe ich nichts zu tun. Wilhelm spielt den Hausmann. Er kocht, putzt und werkelt im Garten und im Keller herum. Von seinem Freund den Förster hat er sich gerade drei Raummeter Buchenholz kommen lassen. Die schneidet und klöbt er und stapelt das Kaminholz am Schuppen. Jedenfalls fallen wir uns gegenseitig nicht auf den Wecker.

Ein festes Ritual unseres Zusammenlebens ist die Gestaltung des Sonntagabends. Er bereitet eine Abendbrotplatte. Die trägt er je nach Stimmung und Wetterlage entweder vor den Kamin oder auf die Terrasse. Dann wird geplauscht, was die vergangene Woche gebracht hat und was wir in der neuen vorhaben. Manchmal gibt es auch tiefsinnige Gespräche, die um den Tod unserer Lieben kreisen. Das Thema wird uns noch einige Zeit festhalten.

Natürlich ist Wilhelm in erster Linie interessiert zu erfahren, wie es um mein schulisches Fortkommen steht. Also berichte ich, dass ich in das Abschlusssemester eingestuft worden bin. Meine Mitschüler haben mich gut aufgenommen, die Lehrer sind hilfsbereit und verständnisvoll, eine ganz andere Lernatmosphäre als in der normalen Eiapopeia-Schule. Im Unterrichtsangebot erscheint ein für mich neues Fach: Philosophie und Ethik. Als Semesterarbeit wurden Themen zur Auswahl angeboten. Ich habe mich für das Thema „Glück" entschieden. Literarischer Hintergrund ist ein Buch von Arthur Schopenhauer: Die Kunst, glücklich zu sein.

„Es liegt oben auf meinem Schreibtisch, du kannst ja mal reingucken."

Selbstverständlich wird er es morgen schon durchgearbeitet haben. Heute ist er erst einmal ruhig, dann brummt er: „In grauer Vorzeit habe ich seine „Aphorismen zur Lebensweisheit" gelesen. Mir scheint, er war in seinem Leben recht unglücklich. Vielleicht ist das eine gute Vorrausetzung, um das Glück philosophisch abzuhandeln? Interessiert mich, was er zu sagen hat."

„Sehr gut, du machst Schopi, ich Mathe und Chemie!"

Manchmal albern wir herum, reden dummes Zeug, um Lachen zu provozieren, wie jetzt in diesem Augenblick. Das tut uns beiden gut.

Glücksvorstellungen und Lebenswirklichkeit

Kurzprotokoll eines philosophischen Gesprächs

Unser Philosophielehrer will uns zum Denken anregen. Es geht ihm nicht darum, im Geschichtsbuch der Philosophie herum zu blättern und uns mit Gedanken der Philosophen voll zu schütten. Vielmehr ist man aufgefordert, eigene Gedanken zu entwickeln, sie mit Leidenschaft zu vertreten und sie für das eigene Leben fruchtbar zu machen. Wir werden uns bemühen, gesellschaftliche Zusammenhänge herzustellen. Fremden Gedanken soll man sich nicht verschließen, sondern man soll sie hinterfragen. Dieses Selberdenken fordert Diskussionen heraus, die in einer philosophischen Gruppenarbeit geführt werden.

Wegen der zeitlichen Begrenztheit wird folgendes Verfahren vorgeschlagen: Exemplarisch wird das Thema „GLÜCK" genannt.

Jeder notiert auf einem Zettel Gedanken, die er mit dem Thema Glück verbindet. Nach zehn Minuten werden die Zettel eingesammelt.

Als Einstieg trägt der moderierende Lehrer seinen Gedanken vor:

In der amerikanischen Unabhängigkeitserklärung von 1776 sind die „certain unalienable Rights" genannt. Nach Jefferson gehören dazu:

Life, Liberty and the pursuit of Happiness, also Leben, Freiheit und das Streben nach Glück.

Wie stehen wir heute dazu, das Glücksstreben in eine Verfassung aufzunehmen?

Als Ergebnis einer recht kontroversen Diskussion ist festzustellen:

- Aus heutiger Sicht erscheint die Formulierung recht naiv.
- Die Versklavung der Farbigen und die Ausrottung und Unterdrückung der Urbevölkerung sprechen eine andere Sprache.
- Der Ansatz ist falsch. Glück kann niemals als eine Verordnung durchgesetzt werden. Es ist nicht universell, sondern eine persönliche Angelegenheit des einzelnen Menschen.

28

Ein Mitschüler, der in der Touristikbranche tätig ist, bittet um Klärung folgenden Sachverhaltes:

– In einem tschechischen Reiseführer steht: Wir Deutschen distanzieren uns davon Deutsche zu sein. Unser nationales Bewusstsein hat einen Knacks.
– Die Amerikaner urteilen über uns: Im Grunde ihres Herzens sind Deutsche Pessimisten, und sie genießen diesen Pessimismus.

Die folgende Diskussion ist nicht frei von Emotionen.

In der Kulturmetropole Weimar interessierten sich die Amerikaner weniger für das Leben und Wirken von Goethe und Schiller als für das nahe gelegene KZ Buchenwald.

Schiller vertrat die Ansicht, dass jedes Volk, das eine Geschichte hat, ein Paradies, einen Stand der Unschuld hat, um Glück zu empfinden. Nach dem Holocaust ist uns dieser Ort genommen. Im Mittelpunkt unserer Hauptstadt erinnert uns ein Mahnmal, dass wir von der Suche nach dem Goldenen Fließ für immer ausgeschlossen sind. Ein nationales Selbstgefühl ist uns versagt.

Fritz Stern stellt fest: Die Stimmung in unserem Land ist geprägt von Melancholie, von Unzufriedenheit und von Selbstzweifel.

Ein anderer Mitschüler will Fakten sprechen lassen: Dem „Lexikon der Völkermorde" kann man entnehmen: Im 20. Jahrhundert bis jetzt sind 167 Millionen Menschen von linken und rechten Terrorregimen ermordet worden. Darunter sind die 60 Millionen Opfer des Faschismus in Europa zu beklagen. Es geht nicht um eine Schuldzuweisung des einzelnen Menschen. Vielmehr sollen Menschen gegen Terrorregime sensibilisiert werden, etwa in der Absicht: wehret den Anfängen.Die Aussage von Fritz Stern sollte hiermit nicht verwischt werden.

Im letzten Diskussionsbeitrag erklärt ein Mitschüler, dass die Weltmeisterschaften im Fußball und Handball in unserem Land uns selbst und auch unser Verhältnis zu anderen Ländern positiv verändert haben. Die Sportevents haben uns Deutschen geholfen, erstmals nach Krieg und

Wiedervereinigung zu einem neuen Selbstwertgefühl zu kommen. Lieder, Flaggen und Trikots haben uns zu Patrioten gemacht. Er lasse sich nicht einreden, dass alles nur Strohfeuer war. Auseinandersetzung und Bewältigung der Vergangenheit haben uns selbstsicherer gemacht, dadurch haben wir auch mehr Chancen, glücklich zu sein.

Die Diskussion muss abgebrochen werden. Der Hausmeister signalisiert durch Lichtzeichen, dass er das Haus abschließt.

Der Lehrer gibt mir die eingesammelten Zettel. Er hofft, dass ich durch sie wertvolle Impulse bekomme, das Thema Glück abzuhandeln.

Gegenwärtig verwirrt mich die unterschiedliche Vielzahl von Ansätzen, einen klärenden Beitrag zum Thema Glück zu erarbeiten.

Heiße Zitrone mit Honig

Ein grippaler Infekt mit bis zu 40 Grad Fieber hat mich erwischt und nieder geschmettert. Auslöser für diese Malaise war eine nächtliche Radfahrt von der Schule nach Hause. Durch einen Gewitterregen war ich total unterkühlt. Da half auch ein heißes Duschbad nichts. Wilhelm hat mich von Mittwoch bis Freitag bei meinem Arbeitgeber und im Schulbüro entschuldigt. Die ersten drei Tage war ich völlig platt, in meinem alten Kinderzimmer hatte ich schweißgebadet wirre Träume: Gromi und Mam saßen im Garten, ich habe geschaukelt. Durch Bewegen der Arme flog ich wie ein Vogel hoch hinaus. Ein Kolkrabe hat sich sehr gewundert, dass ich oben im Baum saß. Er plapperte schnarrend herum, doch ich konnte ihn nicht verstehen. Als er abstrich flog ich wieder hinunter auf meine Schaukel.

Leider verfolgten mich auch die schrecklichen Bilder von den Leichen auf den Bäumen, die ich in Aceh gesehen hatte. Sie hatten die Gesichter von Mam und Paps.

Wilhelm sagt, dass der Traum die Arbeit der Seele ist. Menschliches Erleben ist nicht mit dem Bleistift geschrieben. Unangenehme und belastende Stellen lassen sich nicht mit dem Radiergummi ausradieren. Er umsorgt mich mit Anti-Grippe Mitteln, Hustenlöser und heißer Zitrone mit Bienenhonig. Zu seinem Leidwesen habe ich sein liebevoll zubereitetes Essen stehen lassen. Doch heute am 4. Tag meines Krankseins will ich mit ihm gemeinsam unten in der Wohnküche essen. Ich habe mir Kochfisch gewünscht, den er nach dem Kochbuch seiner Frau gut zubereiten kann. Mir kommt der Duft von frischen Kräutern in die Nase. In diesem Sud wird der Kabeljau gedünstet. Mir läuft das Wasser im Mund zusammen.

Vor mir liegt Schopenhauers Abhandlung über die Kunst glücklich zu sein. Mir kommt es vor, als würde ein Virtuose des Violinenspiels schildern, wie man die einzelnen Saiten aufzieht. Zum Schluss sagt er, dass man Körpertraining braucht, um das Instrument richtig zu halten. Meine hochgesteckten Erwartungen hat Schopi nicht annähernd erfüllt.

Die Banalität der „50 Lebensregeln" ist kaum zu überbieten. In Lebensregel 39 wird festgestellt: „Wenigstens 9/10 unseres Glücks beruhen allein auf der Gesundheit". Als Beweis dient der Satz: „Ein gesunder Bettler ist glücklicher als ein kranker König." Na, Hoppla! Der Höhepunkt des Glücklichseins ist nach Schopi die „Persönlichkeit". Interpretieren muss er diese Aussage nicht, denn er zitiert Goethe, den er hoch schätzt. Wilhelm ist großzügiger, er nimmt Schopenhauer in Schutz:

„Philosophie ist ein Fragenmoderator, es beginnt mit Fragen und endet mit Fragen." In der Situation befinde ich mich gegenwärtig, darf mich also als Glücksphilosophin fühlen.

Wilhelm läutet zum Essen. Als ich die Tafel mit den herrlichen Speisen sehe, läuft mir das Wasser im Mund zusammen. Ich strahle Wilhelm an, der es geschafft hat, mich gesund zu pflegen, fühle mich sauwohl, meine einen Flow zu haben. Wir stoßen mit Weißweinschorle an: „Salute!"

Als Wilhelm sich zum Essen setzt, fällt mir seine gekrümmte Haltung auf. Er bleibt steif sitzen und lässt sich von mir bedienen, was er sonst nicht macht. Beim Aufstehen ist es offenkundig: „Du brauchst nicht drumherum reden, du hast Schmerzen, dich hat die Hexe geschossen."

Er wiegelt ab: „Ist nicht so schlimm. Zum Abschluss meiner Holzaktion habe ich den Hauklotz in den Schuppen getragen. Durch falsche Körperhaltung habe ich wohl eine Muskelverkrampfung."

„Die Art von Rückenschmerzen kenne ich von Paps. 80 % aller Golfer haben einen kaputten Rücken."

In meine Behandlungsmethode lasse ich mir nicht reinreden. Auf den Teppich im Wohnzimmer lege ich eine Decke, da rauf ein Heizkissen und darauf Wilhelm, was gar nicht so einfach ist. Hinter sein Gesäß kommt ein Stuhl, auf dessen Sitzfläche liegen seine Unterschenkel. Nach 20 Minuten reibe ich seinen Rücken mit Schmerzgel ein, verabreiche ihm zwei Voltaren-Tabletten und bugsiere ihn auf die Couch.

Mein Komentar: „Das hat meinem Vater geholfen, also hift's dir auch! Im übrigen wird dich in den nächsten Tagen ein junger Handwerksmeister besuchen, der dringend Arbeit sucht. Der wartet auf deine Aufträge."

Zum Nachtisch schlürfen wir einen Espresso und ich freue mich, dass ich mich in Sachen Fürsorge etwas revanchieren kann.

Im Frühling eine kleine Nachtmusik

Wilhelm ist siebzig. Dieses Alter wird sein Auto nicht erreichen. Es ist ein alter Kombi mit Anhängerkupplung. Er war der Erstbesitzer, dann fuhr es als Taxi einige hundert Kilometer, jetzt ist es zu Wilhelm zurückgekommen. Es hat über eine halbe Million Kilometer runter, vor kurzem wurde ein Rußfilter eingebaut. Bei schlechtem Wetter fahre ich mit dem „Oldtimer" zur Abendschule, außerdem benutze ich es für meinen Einsatz als freiwillige Helferin bei der Berliner Tafel.

In unserer Stadt gibt es Leute, die zu viel haben, und andere, die zu wenig haben. Damit nicht tausende Tonnen frischer und hochwertiger Lebensmittel weggeworfen werden, müssen sie an Bedürftige verteilt werden.

Besonders am Wochenende finden zahlreiche Events statt. Die Veranstalter bedienen ihre Gäste nach dem Motto: Besser zu viel als zu wenig. Heute Abend bin ich kurz vor 23 Uhr im vornehmen „Gürteltier", wo die

Kaufleute tagen. Auf dem ersten Blick meint man, dass von der reichhaltigen Speisetafel kaum etwas gegessen wurde. Ein Beauftragter der Catering-Firma gibt den Startschuss und sagt, was ich abräumen kann. Die meisten Gäste sind bereits im Aufbruch. Ein kleines Streichorchester spielt die „Kleine Nachtmusik" von Mozart. Ich hole die Boxen aus dem Auto und beginne, die Aufschnittangebote auf die mitgebrachten Bleche umzuschichten.

Plötzlich steht ein junger Mann neben mir. Mein Blick schweift von ihm zu den Musikanten. Da ein Cello am Stuhl steht registriere ich, dass er der Cellist ist. Er lächelt mich an und fragt: „Für wen sind denn die Köstlichkeiten bestimmt?"

„Ich bringe sie in ein Pfarramt und dort entscheidet man morgen, wer sie bekommt."

„Dann sind sie leider nicht berechtigt, arme, bedürftige Studenten zu unterstützen?" Durch ein verhärmtes, hohlwangiges Gesicht bringt er mich zum Lachen.

„Eigentlich nicht", sage ich etwas leichtsinnig, „doch wenn sie mich mit Vivaldi umstimmen?"

Er spricht mit seinen Mitspielern und schon erklingen die vier Jahreszeiten. Ich reiße Stanniolpapier ab, mache für die hungernden Künstler ein Lunchpaket und lege es auf den Beifahrersitz meines Wagens.

Als ich abgeräumt habe und die letzte Box im Auto verstaue, ist das Paket verschwunden und eine Rose liegt im Fond des Wagens. Durch die große Glasscheibe sehe ich, wie die Musiker dabei sind, ihre Instrumente einzupacken. Der Cellist haucht mir winkend einen Handkuss zu und verbeugt sich. Als ich vom Parkplatz fahre, inspiriert mich die Rose zu dem Satz:

„Das Glück ist flatterhaft, wie ein Schmetterling. Mache dich begehrenswert wie eine Blume, wenn es zu dir kommen soll."

Ein Blick in den Autospiegel signalisiert, dass ich mit mir zufrieden bin. In einem Wirtschaftsraum der Kirche schiebe ich die Bleche mit dem Fleisch- und Käseangebot in den Kühlschrank, Salate und Obst kommen in die Regale des Kühlraumes.

Als ich fertig bin, begrüßt mich der Pfarrer und schaut nach, was ich seiner Gemeinde gebracht habe. Er scheint zufrieden. „In unserer Stadt braucht niemand zu hungern" stellt er fest. „Die Bedürftigen kommen, um sich etwas zum Essen abzuholen, aber auch und vor allem, um sich mitzuteilen, um von ihren Problemen zu erzählen, von ihren Schwierigkeiten, ein normales, bürgerliches Leben zu führen. In meiner eigentlichen Funktion als Seelsorger bin ich überfordert." „Und was ist mit den Kindern", frage ich. „1,5 Millionen Kinder leben auf Sozialhilfeniveau."

„Die Nationale Armutskonferenz hat festgestellt, dass die Zahl wächst."

„Aber auch die Gewinne der Wirtschaft wachsen. Das ist beruhigend."

Wir verstehen uns und lächeln uns an.

„Kommst du zu unsrem nächsten Taizé-Abend?"

„Tut mir leid" beantworte ich seine Frage." Kann die Schule nicht schwänzen, werden jetzt aufs Abi vorbereitet."

„Schade, deine klare, tragende Stimme gibt unseren esoterischen Gesängen großen Halt."

Zu Hause wartet Wilhelm auf mich. Ich erzähle ihm von dem Cellisten.

Eine Landpartie in den in den Frühling

Die Lerche steigt zur morgendlichen Stunde jubilierend in den Frühlingshimmel. Der Uhu träumt verschlafen im Schatten eines Baumes und schließt die Augen vor dem lichten, lauten Tag. Ich muss meine Augen offen halten, denn Wilhelm liebt es, auf verschlungenen Waldwegen zu radeln. Allmählich kommt der Kreislauf auf Touren, die Sinne werden sensibilisiert, die Natur zieht in mein Gemüt. Wilhelm fährt vor und gibt die Richtung an. Er hat erlebnisreiche Radtouren ausgearbeitet und wartet nur darauf, dass ich meine Zustimmung gebe, den Tag auf einem Drahtesel abzureiten.

Ich bin gespannt wie ein Flitzbogen, was er sich heute ausgedacht hat!

Nach Wald und Flur stoßen wir in Bürgerablage auf die Havel. Auf einer ebenen Fläche mit märkischem Zuckersand ist ein Netz gespannt. Barfüßige Männlein und Weiblein in Badehose und T-shirt spielen Volleyball. Ihre grellen Freudenschreie verfolgen uns auf dem Uferweg noch einige hundert Meter. Beim Passieren der Spandauer Schleuse erhebt sich das rotbraune Mauerwerk der über vier Jahrhunderte alten Zitadelle. An der Scharfen Lanke, wo Einstein seine Laube hatte, laden Segelclubs zum Spielen, Tanzen und Vespern ein. Immer am Fluss entlang geht es in Richtung Süden durch die alten slawischen Orte Gatow, Kladow und Sacrow. Hier stellen wir erstmals unsere Räder ab.

Baumeister Wilhelm, der gelernte Zimmerer, bugsiert mich auf einen bestimmten Punkt, in Richtung der römischen Bank. Es geht darum den Baukörper der Heilandskirche, einer dreischiffigen Basilika, in sich aufzunehmen. Er erzählt von Persius, der die Kirche um 1842 gebaut hat und ihren Verfall, weil sie zu DDR-Zeiten im Niemandsland gelegen war. Im ersten Gottesdienst nach der Wende sind ihm die Tränen gekommen wegen des totalen baulichen Zerfalls. Doch dank großzügiger Sponsoren ist sie heute restauriert. Voller Ergriffenheit führt er mich durch das bauliche Kleinod und lässt mich an seinem Glück teilhaben.

Vor Potsdam strampeln wir kraftvoll auf den Pfingstberg und besteigen die Aussichtstürme des Belvedere. In nördlicher Richtung schauen wir auf die zurückgelegten Kilometer, im Süden liegt unser Ziel: Werder. Auf dem in der Sonne glitzernden Schwielowsee ist Albert Einstein gesegelt. Wilhelm lächelt: „Ich sehe ihn vor mir mit fliegenden Haaren, auf seinem Segelboot Tümmler, in einem Arm eine Geliebte, im anderen seine Geige Lina. Es fällt mir schwer, seinen Glücksbegriff einzuordnen: „Wenn du ein glückliches Leben führen willst, verbinde es mit einem Ziel, nicht aber mit Menschen und Dingen." Nach einer Weile des Nachdenkens sage ich: „Vielleicht sollten wir es in Verbindung bringen mit einem deiner Lieblingssprüche: „Dem weht kein Wind, der keinen Hafen hat, nach dem er segelt."

Bei der Weiterfahrt gehen unsere Sinne mit uns auf Reisen: Die Russische Kolonie „Alexandrowka", der Park von Sanssouci, mit seinen königlichen geraden Sichtachsen und den ausbuchtenden windungsreichen Wegen Lennés. Danach streifen wir den Forst Wildberg mit seinem Großen Entenfängerberg und erreichen wieder die Havel, gelangen über eine Eisenbahnbrücke an das andre Ufer nach Werder.

Selbstverständlich umkurvt Wilhelm das laute aufdringliche Rummelfest mit Riesenrad und dröhnender Konservenmusik. Nachdem die Räder am Hafen deponiert sind, steigen wir in die höher gelegenen Gärten auf. Dort stehen unzählige Obstbäume in voller Blüte. Bald finden wir in einem Garten einen Patz, der uns gefällt. Wir legen unsere Fahrradtaschen und Jacken ab und machen es uns an einem Tisch bequem.

Zwischen den rot-weißen Blüten der Apfelbäume tanzen beschwingt Walzermelodien. Die ganze Atmosphäre wird abgerundet von süffigem Obstwein und Zwiebelkuchen. Als die Musiker eine Pause einlegen, wird plötzlich ein Stuhl direkt neben mich an den Tisch gestellt. Ich schaue hoch und blicke in das Gesicht des „Bettelstudenten". Wilhelm blickt verdutzt, also stelle ich vor:

„Das ist der hungernde Cellist aus dem „Gürteltier"."

Willhelm lacht: „Na, wie ein Hungerleider sehen sie nicht aus! Ich bin Wilhelm, der Großvater von Anne."

Der Student gibt Wilhelm artig die Hand und verbeugt sich ein wenig: „Mein Name ist Ferdinand Rabitz. Meine Kollegen und ich dürfen die Leute hier für einige Stunden musikalisch unterhalten."

Darauf steht Wilhelm auf, holt drei Becher Obstwein und einen Fladen Zwiebelkuchen für den Studenten. Der scheint sich über unser Wiedersehen sehr zu freuen, macht mir Komplimente und strahlt mir in die Augen.

„Die Musik, die wir hier machen müssen, ist nicht mein Fall, aber die Knete stimmt. Nun wird dieser Tag noch verschönt, dass ich sie getroffen habe und von ihnen eingeladen werde, genieße die Gaumenfreuden, atme den betörenden Duft der blühenden Obstbäume ein, spüre die wärmenden Strahlen der Frühlingssonne …"

„Sie sind ein Epikureer", stellt Wilhelm fest, „all ihre Sinnesorgane signalisieren Wohlbefinden, sind sie glücklich?"

„Das Tüpfelchen auf dem i wäre, mit Anne zu tanzen."

Er steht auf, spricht mit seinen Kommilitonen, kommt zu mir, verbeugt sich, bittet um einen Tanz, zieht mich vom Stuhl auf einen Dielenboden. Lachend drehen wir uns im Kreis eines Walzers, der irgendwann endet.

Als wir zum Tisch zurückkommen, deutet Wilhelm auf den Himmel: „Die Gewitterwand verspricht nichts Gutes. Sie sollten schnellstens ihre Instrumente einpacken, denn in spätestens zehn Minuten wird es anfangen zu pladdern."

Ein scharfer Windzug lässt Blütenblätter umherwirbeln. Leises Grummeln überzeugt auch Ferdinand, er verabschiedet sich und eilt zu seinen Kameraden

Als es anfängt zu tröpfeln ziehen wir unsere Fahrrad-Ponchos über. Die wenigsten sind auf einen derartigen Platzregen vorbereitet. Die meisten müssen es hinnehmen, von Kopf bis Fuß klitschenass zu werden. Beim Spaziergang zum Hafen werden lediglich unsere Schuhe etwas nass. Ein Ausflugsdampfer wartet auf uns. Unsere Räder werden im Innern des Schiffes abgestellt, wir selbst gehen auf das Vorschiff. Das Gewitter hat sich verzogen, die Sonne schaut sich lachend das ganze Tohuwabohu an.

Wir gleiten unter der geschichtsträchtigen Glienicker Brücke hindurch. Über Lautsprecher macht der Kapitän auf das links am Hochufer stehende Haus Trinitatis aufmerksam. Es wird ganz still auf dem Boot, als Klaus Hoffmann vom Haus an der Havel singt, von den Nonnen und Padres, wo die Königskinder schlafen ... Das Lied berührt auch Wilhelm. Ich schaue ihn von der Seite an , er lächelt, sieht glücklich aus. Unsere Hände berühren sich, wir sind auf gleicher Wellenlänge.

Wie ich, so scheint auch er das sanfte Dahingleiten zu genießen. Abwechselnd windet sich der Fluss durch enge, bewaldete Ufer, um sich dann seenartig zu erweitern. Die Bäume am westlichen Ufer beginnen, Schatten zu werfen, ein Zeichen, dass die Sonne bald untergeht. Der Obstwein hat uns etwas müde gemacht, wir sind weinselig, lächeln uns an und schweigen.

Im Hafen von Spandau schieben wir unsere Räder vom Schiff und bringen vorn und hinten die Batteriebeleuchtung an. Bei der Fahrt durch den Wald veranstalten die Fledermäuse Schattenspiele. Hin und wieder schreit ein Kauz. Es gelingt mir nicht, seinen schrillen, kurzen Schrei nachzumachen. Einen Nachtvogel habe ich kurz in meinem Scheinwerfer. Er ist dabei, einen Singvogel zu kröpfen und streift, durch das gleißende Halogenlicht aufgeschreckt, in das Dunkle des Waldes ab.

Zu Hause angekommen fällt mein Blick auf das Buchenscheid neben der Haustür, in das Wilhelm einen Fontanespruch eingeschnitzt hat:

„Das Haus, die Heimat, die Beschränkung,
   die sind das Glück und sind die Welt."

Nach dem Duschen falle ich etwas erschöpft, aber happy ins Bett. Im Traum tanze ich mit Ferdinand unter blühenden Apfelbäumen.

Sei du selbst, täusche keine Zuneigung vor

Wilhelm ist ein Musik liebender Mensch. In seinem Haus erklingen Melodien von Radio Kultur. Im Freien, bei leichter Gartenarbeit, pfeift er sich ein Lied. Wenn er ganz gut drauf ist, singt er in tiefer Lage ein Chanty. Von seiner Jugend an spielt er Akkordeon. Aus der Weltstadt der Akkordeons, aus Castelfidardo in Mittelitalien, hat er sich eine sechschörige Scandalli geholt. Das Luxusinstrument steht im Koffer in der Ecke. Seit dem Tode seiner Frau hat er es nicht mehr erklingen lassen. Ich will ihn zum Spielen bringen und habe mir etwas ausgedacht.

Nach dem Essen schiebe ich ihn auf dem Tisch einen Briefumschlag hin. Er öffnet ihn vorsichtig und entnimmt ihm zwei Billets. Er lächelt: „Das Quintett von fünf Akkordeonvirtuosen in der Kulturbrauerei. Da ist dir eine schöne Überraschung gelungen. Wann ist das? Am kommenden Samstag?" Er lacht, steht auf und holt aus dem Schubfach einen Briefumschlag, den er mir überreicht. Ich lese: Beckmann, Suiten von Bach für Violincello in der Philharmonie, Termin auch am kommenden Samstag. Wilhelm erklärt:

„Ein Benefizkonzert zugunsten obdachloser Menschen. Eine zweite Karte habe ich einem Studenten geschickt, den du kennst."

Ich bin sprachlos, will das alles nicht glauben, wackle lächelnd mit dem Kopf hin und her.

„War nicht einfach, die Adresse herauszubekommen. Ferdinand Rabitz studiert nämlich nicht Musik, sondern Betriebs- und Volkswirtschaft. Musik scheint sein Hobby zu sein."

„Wilhelm", sage ich, „du bekommst eine Verwarnung, ich fühle mich von dir manipuliert."

„Das geht mir genau so", kontert Wilhelm „Wie kommst du dazu, mich zu dem „Accordion Tribe" in die unwirtliche Werkstatt der Brauerei zu schicken, während du dir vorbehälst, in einem vornehmen Konzertsaal mit Ferdinand Händchen zu halten? Allerdings weiß er nicht, wer neben ihm sitzt. Deshalb ist sein Erscheinen ungewiss!"

Ich bin entwaffnet, kann nichts mehr sagen, gebe dem alten Zausel ein Küsschen auf die Wange und suche das Weite.

Am Nachmittag ist ein Treffen mit meinen ehemaligen Kursteilnehmern für Altenpflege. Ich schau mal vorbei. Mir ist ein Rätsel, wie alle den Termin halten konnten. Larissa hat einen Job als Computerexpertin angenommen. Swetlana will wieder zurück in ihre Heimat nach Kasachstan, wie auch Zera in die Türkei. Ich versuche sie möglichst einzeln über Glück auszufragen und mache mir meine Notizen. Der Schärfste von allen ist Uwe. „Was heißt hier Glück?" fragt er zurück. „Ich habe endlich einen Job, ich bin zufrieden, das reicht mir. Glück ist mit die Dummen, die Schlauen wissen sich zu helfen – da hab ich noch mal Glück gehabt!" Er lacht über sein Bonmot. „Übrigens: Meine Familie hat sich auf unsere Armut eingestimmt, nur manchmal träumt meine Frau von einer Glücksfee, nun ja, auch Martin Luther King hatte einen Traum." Keiner ist angestellt, die meisten haben eine dreiviertel Stelle mit 28 Stunden pro Woche. Mit einem Verdienst von etwa 900 Euro können sie nicht ihren Lebensunterhalt bestreiten, sind aufgefordert, sich einen weiteren Job zu suchen.

In der Abendschule erwartet uns die Klausur in Mathematik. Durch sie wird die Vornote für das Abi festgelegt. Ich habe meinen alten Mathe-Lehrer aufgesucht und bei ihm Nachhilfe genommen in Differenzialrechnung und Kurvendiskussion. Das war sehr gut. Ich bin als erste fertig und meine, alles richtig gelöst zu haben.

Im nachfolgenden Ethikunterricht ist der Philosophielehrer erkrankt. Wir diskutieren unter uns über das Wesen des Kompromisses zwischen unterschiedlichen Interessen und Überzeugungen. Der Kompromiss ist ein unverzichtbares Charakteristikum demokratischer Entscheidungen. Leider ist die Konsensbildung oft sehr langwierig. Jedenfalls ist es unsinnig, alle Kompromisse als faul zu bezeichnen. Die Diskussion scheint mir nichts zu geben zu meinem Glücks-Thema. Jeder sucht nach seinem persönlichen Glück und hat die Auffassung des anderen kompromisslos zu akzeptieren. Jedoch kann das Glücksstreben des einen Unglück für den anderen bedeuten? Fressgierige, dividendengeile Heuschrecken machen Menschen arbeitslos und stürzen sie ins Unglück. Ist falsch verstandenes Glücksstreben nicht nur eine individuelle Angelegenheit, sondern ein brisantes gesellschaftliches Problem? Die Politik muss humane Kompromisse finden. Eine Diskussion mit Wilhelm steht an!

Der Liebe goldene Zeit

Im Foyer des Konzertsaals sind Info-Stände aufgebaut. Sie berichten über ihre gemeinnützige Arbeit in der Stadt. Die „Berliner Tafel" beschäftigt 600 ehrenamtliche Helferinnen und Helfer. Eine davon bin ich. Heute erfährt das Projekt finanzielle Unterstützung durch ein Benefiz-Konzert. Vortragender Künstler ist der Cellist Beckmann. Durch seine Konzerte wurden bisher über eine Million Euro für obdachlose Menschen zusammen getragen. Der Gong hat das zweite Mal ertönt. Von der Empore beobachte ich Ferdinand, wie er zur Garderobe hastet. Im Saal drücke ich mich in die Polster meines Sitzplatzes und drehe mich seitwärts. Ferdinand betritt mit Beckmann den Saal und lässt sich neben mich auf den Sitz fallen. Nach höflichen Ovationen eröffnet Beckmann das Konzert mit den „Pièces en Concert" seines Lehrers Couperin. Für mich als Violinspielerin sind die Fingerfertigkeit und die Bogentechnik virtuos. Der singende, warme Klang des Instruments schwingt durch den Saal. Ferdinand erscheint genau so ergriffen wie ich. Wie gebannt schaut er auf den vortragenden Künstler. Nachdem sich der letzte Ton verloren hat, applaudiert das Publikum voller Hingabe. Als wir aufstehen und klatschen, sehen wir uns in die Augen. Nach einer Weile der Sprachlosigkeit flüstert mir Ferdinand ins Ohr:

„Eine unvergessene Sternstunde meines Lebens, mein Herz droht zu zerspringen."

Nach dem Konzert schlendern wir durch eine Parkanlage. Die großartige, zum Herzen gehende Musik wirkt in uns nach und macht uns schweigsam. Vielleicht macht uns auch unser unverhofftes Zusammentreffen in dieser lauen Frühlingsnacht sprachlos. Jeder versucht, die Flut verwirrender Gefühle zu ordnen. Die Gedanken werden zaghaft und vorsichtig ausgetauscht. Um Mitternacht überfällt uns der Hunger. Ferdinand schlägt einige Pinten in den Hackeschen Höfen vor, die ich widerspruchslos akzeptiere. Nachts nehmen wir mehrmals einen Standortwechsel vor. Morgens landen wir in einem Frühstückscafe.

Um acht Uhr habe ich meine erste „Patientin" in einem Seniorenheim zu versorgen. Die alte Dame liebt die Pünktlichkeit. Sie ist ungehalten, wenn ich mich um einige Minuten verspäte. Trotzdem zählt sie zu meinen Lieblingspatientinen. Am heutigen Vormittag bekomme ich alles gut in die Reihe, verspüre nicht einmal den Anflug von Müdigkeit.

Um 15 Uhr erwartet mich Wilhelm zum Mittagessen. Er schaut mich an und brummt: „Bevor du zur Schule gehst, solltest du dich nach dem Essen etwas ausruhen."

„Und," will ich wissen," wie war dein Abend mit den Akkordeon-Virtuosen?"

„Einsame Klasse, jeder hat seinen eigenen Stil zu spielen. Ausgetüftelte Arrangements, die trotzdem jedem Freiraum geben, individuell zu improvisieren und im Solopart zu glänzen. Heimlicher Star der Truppe ist ein blinder Jazzer aus Wien, er heimst den größten Beifall ein. Begeistert hat mich auch die Fabrikatmosphäre, dein Einfall war super, bedanke mich!"

Nach einer Weile setzt er nach: „Natürlich bin ich gespannt zu erfahren, wie es bei dir gelaufen ist."

Ich berichte: „Der Cellist Beckmann war einsame Spitze. Er spielte in einer Virtuosität und Leidenschaft, wie ich es noch nicht erlebt habe." Pause.

Wilhelm: „Hat er die ganze Nacht gespielt?"

Es wäre unfair, Wilhelm weiter auf die Folter zu spannen.

„Lieber Gropa, dein Plan ging auf. Ferdinand ist gekommen. Wir haben in der Nacht mehrere Pinten aufgesucht. Ich glaube, mich in ihn verliebt zu haben. Die Folgen musst du tragen, denn du hast alles eingerührt."

„O, la la – ein Konzertabend mit Folgen, und das kurz vor dem Abi!"

„Nun werde ich in Liebe vergehen und alles hinschmeißen. Morgen ziehe ich zu meinem Liebhaber und lasse dich allein."

Wilhelm resignierend: „Ich werde es tragen müssen, hab's mir selbst eingebrockt. Dabei wollte ich dir nur eine Freude machen."

„Das hast du ja auch, lieber Gropa. Ich werde mein Abi bauen und mein Medizinstudium beginnen. Als Studentin bin ich mit Ferdinand auf Augenhöhe, bin keine dumme Gans. Einsteins Rat ist, ein Ziel zu verfolgen, das werde ich tun."

Wilhelm kann es nicht lassen: „Eine hübsche junge Frau im Frühling – hat sie nicht Sehnsucht nach Liebe und Glück?"

Ich atme tief durch: „In meinem Leben musste ich erfahren, dass sexuelle Liebe nicht Glück bedeuten muss. Es ist ein schwieriges Terrain, auf dem auch Enttäuschung, Schmerz und Trennung beheimatet sein können. Die Kunst der Zweisamkeit will von beiden Partnern verstanden sein. Die Liebe, die dich und mich gegenwärtig verbindet, hat Priorität, sie ist beständiger. Ich werde sie hüten, wie meinen Augapfel. Es ist unserer beider Mission."

Wilhelm hat feuchte Augen bekommen. Da ihm die Worte fehlen, ist er aufgestanden und fängt an, das Geschirr abzuräumen. Als wir uns begegnen, umarmen und drücken wir uns.

Missratener Theaterabend

Wilhelm entschuldigt sich: „Es tut mir leid, ich bin total überfordert. Es ist das zweite mal, dass ich ein Theaterstück vorzeitig verlasse. Eine weitere Belastung über drei Stunden hätte ich nicht durchgestanden."

Wir bahnen uns den Weg durch draußen stehende Zuschauer. Sie vermischen die frische Luft mit ihrem Zigarettendunst.

„Du brauchst dich nicht zu entschuldigen, lass uns drüben im Cafe noch einen Schoppen nehmen."

In der Ecke finden wir noch einen freien Tisch, auf den noch zwei andere Herren zusteuern.

Zu meiner Verwunderung stelle ich fest, dass einer von ihnen der Pfarrer ist, den ich von der „Berliner Tafel" kenne. Auch er hat mit seinem Freund das Theater fluchtartig verlassen. Einstimmig zerreißen die drei Herren „Bert Neumanns Neustadt und Frank Castorfs Idiot". Zum einen geht es um das sich im Kreis drehende Schnellbaugerüst. Der Pfarrer ist mit seinen Stuhlbeinen durch perforiertes Blech gerutscht. Zum anderen ist es das unüberschaubare, verwirrende Bühnendurcheinander, bei dem das gesprochene Wort sinnentleert verhallt. Nachdem die Herren den Dampf abgelassen und sich zugeprostet haben, melde ich mich zu Wort.

„Durch die letzte Szene, den Dialog des „Fürst Christus", ist für mich dieser Abend gerettet. Nach seinem epileptischen Anfall schreit er aus seiner Seele: „Was geht es mich an, dass diese Anspannung nicht normal ist, wenn das Resultat, wenn der Augenblick dieser Empfindung, nachher bei der Erinnerung an ihm und beim Überdenken bereits in gesundem Zustand, sich als höchste Stufe der Harmonie, der Schönheit erweist, als ein unerhörtes und zuvor nie geahntes Gefühl der Fülle, des Maßes, des Ausgleichs und des erregten, wie im Gebet sich steigernden Zusammen-fließens mit der höchsten Synthese des Lebens?"

Berauscht lese ich die Zeilen aus Dostojewskis Idioten vor.

„Für diesen Augenblick kann ich das ganze Leben hingeben …diese Sekunde, um des grenzenlosen Glückes willen, das er voll empfand, dass hinfort keine Zeit mehr sein soll …"

Der Freund des Pfarrers ergänzt: „Die Szene endet mit dem bis zum Rande mit Wasser gefüllten Krug des Epileptikers Mohammed, der umstürzt, und doch nicht Zeit hatte überzufließen, während Mohammed in derselben Sekunde alle Wohnstätten Allahs überschaute."

Nach einem Schluck Rosé fährt er fort: „Auch Saulus hatte auf der Straße nach Damaskus einen Moment der Erleuchtung, ein Gotteserlebnis: Er sah auf der Straße ein helles Licht über sich blitzen, stürzte zu Boden und hörte eine Stimme, die fragte: Saul, Saul, warum verfolgst du mich?"

„Diese Art des Glücksempfindens ist keine Illusion. Sie ist heute messbar, ein neurobiologischer Vorgang, ein unnatürliches Ungleichgewicht im Gehirn. Ein Gotteserlebnis, das die Christen im Gebet haben können!" Wilhelm schaut den Pfarrer fragend an.

„Im Matthäus nennt Jesus die Armen glücklich, die Hungrigen, die Weinenden, die Friedfertigen, denn sie werden Gottes Kinder heißen. Das Reich Gottes kommt: Gott kommt, Glück kommt. Ich habe Glückserlebnisse im Gebet erfahren dürfen, habe das innere Licht gesehen. Im Gottesdienst wird versucht, jedem die Möglichkeit zu geben, eins mit Gott zu werden. Leider ist unsere Religion zu kopflastig geworden.. Im Laufe der Geschichte haben wir uns immer mehr vom esoterischen Erleben entfernt. Wir versuchen es, bei unseren Taizé-Gottesdiensten wieder einfließen zu lassen."

Nach einer Pause ergänzt er: „Im Buddhismus soll es mehr Glücksmomente durch Meditation im Gebet geben. In der Buddhistischen Philosophie sind acht Schritte zum Glück genannt."

Auf der Rückfahrt komme ich nicht umhin, Wilhelm in die Seite zu stoßen: „Da mache ich mir ´ nen Kopf, wie du dazu kommst, an einem heißen Sommertag in ein stickig – miefiges Sommertheater zu gehen. Bert Neumanns Neustadt und Frank Castorfs „Idiot" waren dir schnurzpiepe, du wolltest mir das ergreifende Glücksmoment eines Epileptikers vorstellen." Wilhelm lächelt still vor sich hin:

„Der seelisch kranke Dostojewski erklimmt den Zenit aller Glücksmomente. Uns normalen Menschen empfiehlt er eine leichte Glücksformel:

„Alles ist gut, alles. Der Mensch ist unglücklich, weil er nicht weiß, dass er glücklich ist."

So nimmt mich ein alter weiser Mann bei der Hand und führt mich in den Garten des Glücks, denke ich bei mir, als wir einen nächtlichen Rundgang durch seinen Garten machen, vom milden Mondschein bedeckt.

Glück ist kein Würfelspiel

Auf dem Kaminsims stehen zwei gerahmte Bilder. Das eine zeigt Wilhelm mit seiner Frau, die ein Kleinkind – meine Mutter – auf dem Arm hat. Auf dem anderen bin ich am Konfirmationstag mit meinen strahlenden Eltern abgebildet. Beide Fotos spiegeln glückliche Situationen wider. Niemand hätte damals geahnt, dass Wilhelm und ich in seinem Haus zusammenleben würden. Wir sind dabei, unsere Trauer zu überwinden, verjagen schwermütige Gedanken, bauen uns ein zukunftsbezogenes, positives Weltbild auf. Wilhelm hat es dabei schwerer als ich, weil seine Lebenserwartungen bedeutend geringer sind. Wenn ich merke, dass er in eine depressive Phase fällt, versuche ich ihn aufzumuntern. Auch er gibt mir Impulse. Ein derartiger seelischer Kräfteschub waren der Konzertbesuch und das nächtliche Tête à tête mit Ferdinand. Der „Akkordion-Tribe" in der Kulturbrauerei hat Wilhelm bewogen, sich seine Scandalli umzuhängen. Ich habe festgestellt, dass das Akkordeon bewegt worden ist. Vom Schreibtisch beobachte ich, wie er eine Leiter sichert, die am Giebel des Nachbarhauses angelehnt ist.

Oben auf der Leiter reinigt Uwe die Dachrinne und das verstopfte Abfallrohr. Die beiden Baumeister haben zu einander gefunden. Wilhelm schanzt Uwe Arbeitsaufträge zu. Er machte Andeutungen, Uwe seinen alten Kombi zu überlassen. Das freut mich sehr.

Der schriftliche Teil des Abis ist abgeschlossen. Ich habe ein gutes Gefühl, dass alles im grünen Bereich liegt. Die drei Wochen bis zur mündlichen Prüfung kann ich ganz locker angehen. Die Beurteilung in Philosophie steht noch aus.

Die Semesterarbeit muss ich bis Ende der Woche abgeben. Ohne Wilhelms Zuarbeit hätte ich die Thematik nicht bewältigt. Um die Vielgestaltigkeit des Glücks zu demonstrieren haben wir Menschen nach ihren Glücksgeschichten befragt. Viele von ihnen hatten keine Erinnerungen an Glückerlebnisse. Jedoch. sie waren sofort bereit, über Pechsträhnen und Unglückserlebnisse zu berichten.

Sollen diese Berichte in diese Arbeit aufgenommen werden? Gibt es einen Zusammenhang zwischen Unzufriedenheit und Unglück zu Glückserlebnissen?

Ich sitze vor meinem Laptop und registriere einen Posteingang von meiner Freundin Beate. Selbst in Barcelona wird über das Thema Glück nachgedacht.

Heute wirft sie mir den Brocken „Saudade" hin. Ein Begriff, für den es keine Übersetzung gibt. Vielleicht so etwas wie Schwermut, eine wehmütige Stimmung, aus der eine positive Kraft erwachsen kann. Victor Hugo soll gesagt haben: „Melancholie ist das Vergnügen, traurig zu sein." Ein Glückserlebnis geboren im Traurigsein? Lohnt es sich über den abstrusen Gedankensplitter nachzudenken? Sollte er Eingang in die Arbeit finden? Ich muss mich auf das Wesentliche konzentrieren, sonst komme ich nicht zu Potte. Ich habe eine Springform mit Wilhelms Lieblingskuchen gebacken: Gedeckter Apfelkuchen mit Streusel. In der Sonne auf dem Rasen decke ich den Kaffeetisch. Wilhelm lässt sich in den Stuhl fallen und lacht: „Wenn man glücklich ist, soll man nicht versuchen, noch glücklicher zu werden."

„Das größte Glückserlebnis hattest du bei der Geburt meiner Mutter."

„Ja, im Nachhinein überstrahlt dieser Tag mein Leben. Der Rohbau dieses Hauses war abgeschlossen. Ich nagelte Plastikbahnen über die Dachsparren. Ich war gerade fertig, da zog ein Gewitter auf. Es schüttete wie aus Kannen. Die Regentropfen prasselten auf die Folie. Ein plötzlich auftauchender fliegender Bote vom Krankenhaus schrie mir ins Ohr, dass meine Frau ein kleines Mädchen auf die Welt gebracht hat. Ich fiel auf die Knie und dankte Gott."

Er schlürft versonnen an der Kaffeetasse, beim Absetzen fragt er mich: „Und du mit deinem Glückserlebnis?"

„An einem Sonnentag wie heute saßen Mam und Oma am Gartentisch. Ich schaukelte nebenan immer höher und höher. Plötzlich flog ich wie ein Vogel durch die Luft. Fliegeerlebnisse träumte ich bisher nur nachts. Schwerelos umschwebte ich erst das Haus und dann die hohen Pappeln hinten am Bruch. Irgendwann glitt ich wieder auf meinen Schaukelsitz und pendelte langsam aus. Mam sagte: Schau mal, unser Träumelinchen ist nicht ansprechbar."

Heute als Erwachsene teile ich die Auffassung von Christiane Singer: „Kein Unglück oder Glück widerfährt uns jemals, ohne dass wir ihm ein Nest bereitet hätten."

Allegretto poco moderato

Ein Auto tuckert bis vor unsere Gartenpforte. Neugierig spähe ich durch die Hecke, wer sich zu uns in die Walachei verfahren hat. Die Überraschung ist groß: Ferdinand steht vor der Gartentür. Hinten im Kleinwagen hat er sein Cello verstaut. Nach einer freundlichen Umarmung ziehe ich ihn auf den Rasen zum Kaffeetisch. Er erklärt Wilhelm seinen Besuch: „Für heute Abend habe ich einen Job und wollte vorher kurz vorbeikommen." Er schaut sich um: „Sie leben hier ja wie im Paradies."

Die beiden fangen an zu plaudern, während ich noch ein Gedeck hole. Wilhelm erzählt von Bienen und Hummelhaus, Ferdinand würde lieber an der Hochschule für bildende Künste als an der strengen Technischen Universität studieren. Doch man muss im Leben Kompromisse machen. Wilhelm ist gleicher Meinung.

Die Gartenpforte klappt. Als ich hineile, steht Conni bereits schon auf dem Gartenweg. Wir liegen uns lachend in den Armen, dann ziehe ich sie in das Haus. Sie holt aus ihrer Tasche einen Schnellhefter heraus: „Du hast mich gebeten, Menschen über Glückserlebnisse auszufragen. Das sind die etwas mageren Ergebnisse. Was steht denn da – spielst du Akkordeon?"

„Ich nicht, aber mein Großvater Wilhelm hat wieder damit ange-
fangen." Mir schießt ein Gedanke durch den Kopf. Ich hänge Conni das
Instrument um, gebe ihr ein Notenblatt, hole das Cello aus Ferdinands
Auto und lachend stellen wir beide Instrumente neben den Kaffeetisch.
Nach dem Händedrücken wird der Kuchen verspeist und dann sind die
Herren Musikanten gefragt. So wie die Katze mit der Maus spielt, so
schauen sie an ihren Instrumenten vorbei, doch die Noten auf dem Tisch
haben wohl ihre Zustimmung gefunden: Den Walzer Nummer 2 von
Dmitri Schostakowitsch.

Wilhelm kann meinen Lieblingswalzer aus dem Hut spielen, Ferdinand schaut einmal auf die Noten und wendet sich dann ab. Er
stimmt sein Instrument, das Spiel kann beginnen. Die tiefen, brum-
migen Bässe geben den Rhythmus an: D – A, D – A. Dann übernimmt
das Cello den Melodiepart. Sie lächeln sich an, die melodische Wal-
zermelodie schwingt sich durch den Garten, die singenden Cellotöne
schwingen von Baum zu Baum, die knarrigen Bässe stampfen über den
Rasen.

Nach dem ersten Teil hält es Conni und mich nicht mehr auf unseren
Stühlen. Wir streifen die Schuhe ab, fassen uns bei den Händen und
schweben barfuß über den Rasen. Nach dem letzten Akkord fallen wir
ausgelassen schnaufend auf unsere Stühle.

Ganz nebenbei streut Wilhelm ein: „Schön und anmutig habt ihr den
Walzer getanzt, doch wie wäre es mit dem Tanz der Kraniche?"

Conni scheint nicht abgeneigt, doch baut sie eine Barriere auf: „Ohne
Musik kein Tanz!"

Und schon spielt Ferdinand etwas ungarisches von Liszt, dabei passt er
sich sehr einfühlsam unseren Bewegungsabläufen an.

Also schreiten wir stolz in etwa drei Meter Abstand auf dem Rasen.
Ein hoch gestreckter Arm bildet den Hals, der andere deutet den Schnabel
an. Drehend umkurven wir uns, die Arme werden zu Flügeln, mit denen
wir schlagen. Wir knicksen ein, werfen Äste in die Luft, springen und
rufen trompetenartig, ich schlage ein Rad, dann geht Conni in Hockstel-
lung, ich springe auf und gleite bald rücklings ab, danach stellen wir uns

gegenüber, reißen Kopf und Arme hoch und trompeten himmelwärts. Wir sind restlos geschafft, die Männer können sich vor Lachen kaum halten.

Wilhelm verteilt den restlichen Kaffe: „Dank für diese einmalige künstlerische Darbietung. Tanzen scheint für alle Lebewesen ein Ausdruck von Lebensfreude zu sein. Sokrates hat vor seinem Tode den Wunsch geäußert zu tanzen. Er erhoffte im Tanzen höheres Glück zu finden."

Ferdinand spinnt den Faden weiter: „Von Augustinus gibt es den ‚Lob des Tanzes': Ich lobe den Tanz, denn er befreit den Menschen von der Schwere der Dinge, er fordert und fördert Gesundheit und klaren Geist und eine beschwingte Seele."

Auch Conni trägt ihren Part bei: „O Mensch lerne tanzen, sonst wissen die Engel im Himmel mit dir nichts anzufangen!"

Wilhelm konstatiert: „Sokrates Wunsch war also auch auf das Jenseits bezogen."

Ferdinand schaut auf die Uhr. „In dieser Minute beginnt die Probe im Estrell." Der Aufbruch erfolgt recht abrupt. Ferdinand zischt ab, Conni strampelt davon, Wilhelm und ich verweilen am Kaffeetisch und bestaunen die Welt voll innerer Begeisterung. Die Abendsonne vergoldet Haus und Garten, was Wilhelm veranlasst zu sagen:

„Und die Sonne Homers, siehe! sie lächelt nach uns."

Abschließende Anmerkungen

An einem warmen Sommertag schaue ich aus dem Fenster meiner Dachmansarde. In einer durchhängenden Dachrinne hat ein Spatz Wasser entdeckt. Mehrmals taucht er seinen Schnabel ein und verkostet das warme Regenwasser. Dann hüpft er hinein, taucht den Kopf unter Wasser, plustert sich auf, schüttelt sein Gefieder, verschwindet in einem Meer von lichtsprühenden Tropfen. Hüpfend springt er auf das Dach und tanzt im Kreis herum. Seine Artgenossen müssen ihn beobachtet haben. In kurzer Zeit feiert etwa ein Dutzend Spatzen eine Bade- und Putzorgie. Plötzlich schwirren sie ab in den nahe stehenden Apfelbaum, gut geschützt vor dem feindlich gesinnten Falken. Ein tierisches Glückserlebnis in der Rinne, das auch mein Herz hüpfen lässt.

Wie gewöhnlich habe ich Bleistift und Papier vor mir liegen und skizziere, was meine Aufmerksamkeit erregt. In diesem Fall sind es die munteren Sperlinge, wie sie baden, hüpfen und umherflattern. Das Blatt kommt in meine Zeichenmappe zu den Kranichen, deren Darstellung mich augenblicklich herausfordert. Einige Glücksvögel sind mir recht gut gelungen. Besonders begeistern mich die akrobatischen Bewegungsabläufe ihres Tanzes. Mit meinen Darstellungen bringe ich Wilhelm zum Lachen. Immer wieder schaut er sich meine Zeichnungen an. Ich nehme an, dass er eine geeignete Form sucht, um sie in Holz plastisch darzustellen. Auf einem Blatt habe ich kahle Baumstümpfe in einer wüstenähnlichen Landschaft skizziert. Ich habe nicht den Mut, es fertig zu stellen oder aber, es zu zerreißen.

Jeder von uns hat seine Freiräume. Das ist gut so. Dennoch partizipiert der eine vom anderen. Zum Beispiel besucht er sonntags vormittags regelmäßig ein Philosophisches Café. Diese Veranstaltung hat ihn angesprochen, auf sie will er auf keinen Fall verzichten. Etwa 50 Leute frühstücken, lassen sich von einem Professor auf ein bestimmtes Thema einstimmen und fangen dann, wenn sie runter geschluckt haben, an zu diskutieren. Begeistert berichtet er mir von seinen Events. Zweifellos profitiere ich von diesem philosophischen Geplauder.

Um meine Kollegen mit Familie von der Wochenendarbeit zu befreien, habe ich sonntäglichen Pflegedienst übernommen. Er führt mich neben anderen Verpflichtungen in die dritte Etage eines Mehrfamilienhauses. Dort erwartet mich pünktlich um neun Uhr die 90 jährige Erna. Verspäten darf ich mich nicht, sonst ist sie recht ungehalten. Ihre Wohnung ist immer offen, ich brauche keinen Schlüssel.

Zwischen uns hat sich eine vertrauensvolle Herzlichkeit entwickelt. Ich hieve sie aus dem Bett, stelle sie auf die Beine, und führe sie in das Badezimmer. Während sie ihren „Geschäften" nachgeht, mache ich das Bett und dann das Frühstück. Eine große Thermoskanne Kaffe reicht für den ganzen Tag. In der Duschtasse hält sie sich an der Armatur fest.

Die Wohngemeinschaft hat Geld gesammelt und ihr einen neuen Warmwasserspeicher montieren lassen. Sie stöhnt wohlwollig, wenn ich sie mit der Bürste abschrubbe, besteht aber zum Abschluss auf einen kalten Strahl. Das Anziehen der Stützstrümpfe mussten wir trainieren. Über das Nachthemd kommt ein flauschiger Freizeitanzug. Damit kann sie tagsüber mit ihrem Rollator in der Wohnung umherdackeln. Jetzt hat sie ihren Lieblingsplatz am Fenster eingenommen. Ich schneide für sie zwei frische Brötchen auf und bestreiche sie mit Butter, Marmelade und Honig. Ich trinke mit ihr gemeinsam eine Tasse Kaffe. Zwischendurch kommt eine Nachbarin und holt die Schmutzwäsche ab. Ein Junge flitzt herein und stellt sich mit seinem neuen Fußballdress vor. Erna lässt ihren Blick über die Parkanlage unter ihrem Fenster schweifen, dann lächelt sie mich mit ihren wässrig-blauen Augen an und stellt fest: „Ich bin rundherum glücklich, ich habe überhaupt keinen Grund unglücklich zu sein."

Als ich Wilhelm von meiner Klientin Erna erzähle sagt er: „Die Kopfmenschen diskutieren über Glück, und du machst alte Menschen durch deine herzliche Fürsorge glücklich." Das schmeichelt mir natürlich ganz ungemein. Trotzdem stelle ich fest: „Vor allem ist es die fürsorgliche Hausgemeinschaft und sie selbst. Als arme Rentnerin schenkt sie dem Nachbarjungen Sportklamotten. Sie weiß bedeutend mehr über Glück als ich."

Interessant ist ihre spontane Äußerung zu diesem Thema: Glück ist für sie allgegenwärtig, man braucht es gar nicht zu suchen. Doch die meisten Menschen umgeben sich mit Barrieren von ungelösten Problemen, einem Gestrüpp von Angstgefühlen. Kommt ihnen das Glück zu nahe, nehmen sie wie Kleinkinder die Hände vor das Gesicht, wollen unsichtbar sein, und rufen: „Ich bin nicht hier!" Wilhelm lacht: „So ähnlich sah es auch Dostojewski!" Meine Suche nach Glückspfaden setzte ich weiterhin fort.

Hervorragende Informationen erhält man aus dem INTERNET. Außerdem wird das Thema Glück aufgegriffen in Zeitungen, Zeitschriften, Filmen und Fernsehen.

Die Filmautorin Annette Dittert war in den ärmsten Teilen der Welt unterwegs, um uns glückliche Menschen vorzustellen. Sie kommt zu dem Ergebnis, dass das Glück, das man sucht, überall gleich ist. Seine Koordinaten sind: Liebe, Freundschaft, Freiheit und innerer Friede. In diesen Bereichen kann man Glück suchen, finden und es auch wieder verlieren.

Meinem tagebuchähnlichen Bericht ist zu entnehmen, dass Wilhelm und ich nicht den absoluten Highlights des Glücks – den Glücksmomenten – nachjagen. Ich fühle mich beglückt von den vielen bunten Blumen, die an meinem Lebensweg stehen. Einem imaginären Blumenmeer jage ich nicht nach.

Ein grundsätzliches Problem besteht darin, dass wir zufriedene und glückliche Stunden erst empfinden, wenn sie nicht mehr sind. Erst danach stellt man fest, dass man etwas verloren hat. Tagore tröstet uns, wenn er sagt:

„Leuchtende Tage: Nicht weinen, dass sie vergangen, sondern lächeln, dass sie gewesen. Denn ich hab sie gelebt."

In meinem Herzen welche Glut

Im leicht hügeligen Flachland macht eine kleine Erhebung auf sich aufmerksam. Es ist der „Monte Klamott". Nach dem Krieg hat man Trümmerschutt auf ein Areal am Rande des Grunewalds zusammen gekarrt. Am Fuße des Berges schläft ein kleiner See. In seinem schwarzen Wasser gleiten weiße Wolken dahin. Auf seiner Oberfläche treiben bunte Blätter. Sie scheinen von weit her zu kommen. Im dunklen Wasser meine ich die Gesichter von Mam und Paps zu sehen, die mich anlächeln. Doch so plötzlich wie sie gekommen, verschwinden sie wieder.

Die Wanderwege führen spiralförmig nach oben. Beruhigend der Ausblick auf die bewaldete Landschaft und den glitzernden Havel-Fluss. Eine große Formation von Kranichen fliegt in Richtung Westen. Sie werden heute am frühen Morgen in Schweden gestartet sein und suchen jetzt gegen Abend einen Rastplatz. Die abgeernteten Maisfelder im havelländischen Luch bieten sich hierfür an. Später, wenn es dunkelt, werden sie sichere Schlafplätze aufsuchen. Vielleicht bleiben sie einige Tage, warten auf eine Hochdruckwetterlage, die ideale Bedingungen für ihren Flug in

Süd-West-Richtung bietet. Eine langwellige atmosphärische Impulsstrahlung soll ihnen die Großwetterlage rechtzeitig ankündigen. Die Ruderflügler sind nicht schnell, aber ausdauernd, schaffen Tagsstrecken bis zu 1000 Kilometer. Mein Handy signalisiert einen Anruf von Reto. Weil ich das Gespräch nicht annehme, schickt er mir eine Nachricht:

„Sieh jene Kraniche in großem Bogen!
Die Wolken, welche ihnen beigegeben
zogen mit ihnen schon, als sie entflogen
aus einem Leben in ein anderes Leben.“

Ich erinnere mich, die Verse schon einmal gelesen zu haben, ich meine sie stammen von Brecht. Weil sie in meine Stimmungslage passen, lese ich sie noch einmal Wort für Wort. Reto hatte nur die Kraniche im Visier, weiß nichts, von meinem augenblicklichen seelischen Befinden. Ich befreie mich von den Grübeleien und versuche, meine gegenwärtige Situation zu analysieren.

Auf den letzten Termin habe ich meinem Philosophielehrer meine Semesterarbeit abgegeben. Er wog sie in seinen Händen und schmunzelte: „Von der Quantität her ist es ungelesen ein „sehr gut“!“ Die letzten Tage habe ich alles daran gesetzt, das Thema für mich persönlich zufriedenstellend abzuschließen.

Es ist ein Einstieg, es wird mich weiter beschäftigen, dessen bin ich mir ganz gewiss! Die mündliche Prüfung ist nur eine Formsache. Mein Leistungsdurchschnitt muss besser als gut sein. Die 1 nach dem Komma ist wichtig, wenn ich zum Medizinstudium zugelassen werden will. Da ich einen Einsatz in der Altenpflege vorweisen kann und einen Arbeitseinsatz bei „Ärzte ohne Grenzen“, erhalte ich einen zusätzlichen Bonus. Meine Bewerbungsunterlagen habe ich bis auf das Zeugnis der Hochschulreife fertig gestellt. Eigentlich kann ich mich ganz locker zurücklehnen.

Damals, an dem Konzertabend in der Philharmonie, begann die Liebesaffäre mit Ferdinand. Im Tiergarten ließen wir die zu Herzen gehenden Cellotöne ausklingen. Bald gingen wir nicht mehr neben- sondern miteinander. Unsere Hände fanden sich, mit verhakelten Fingern schwebten wir in Richtung Spree. Auf dem Uferwanderweg tasteten wir uns vorsichtig ab: wer sind wir, was wollen wir, haben wir die Chance einer gemeinsamen Zukunft? Allmählich merkte ich, dass es um mich geschehen war. Das plötzliche Glücksgefühl machte mich etwas konfus. An einem Brücken-geländer schauten wir uns in die Augen. In unseren Herzen war eine Glut entfacht. Im Gleichklang mit dem Sonnenaufgang erschien uns eine verheißungsvolle Zukunft.

Gestern habe ich ihn zur abendlichen Vesper eingeladen. Wilhelm war aushäusig zu seinen Freunden zum Skatspielen. Wir futterten genüss-lich, tranken Wein, plauderten, hörten Musik. Wir tanzten, berührten und küssten uns. Dann gaben wir uns der Liebe hin. Es war himmlisch, mit Worten nicht zu beschreiben: Zärtlichkeit, o Götter, ich hoffte es, es erfüllte sich! Nur oberflächlich schlummerten wir ein, ließen uns nicht vom Schlaf die schönsten Stunden rauben. Jeder versuchte in die Gedan-kenwelt des anderen einzutauchen. Wehmütige Gefühle des Trennungs-schmerzes sollten nicht unsere einzige Liebesnacht bestimmen. Trotzdem lag ein Hauch von Wehmut in unserem letzten Zusammensein. Morgens brachte ich ihn zur UNI. Bei der Rückfahrt habe ich beinahe einen Unfall gebaut. Unter Tränen verhangenen Augen habe ich einen Radler zu spät wahrgenommen.

„Welch Glück geliebt zu werden, und lieben, Götter, welch ein Glück!" Es ist die letzte Nachricht von Ferdinand vor seinem Abflug. In einigen Minuten startet sein Flugzeug. Überraschend hat er eine Green –Card für ein Studienjahr an der San Diego Universität in Kalifornien bekommen. Eine einmalige Chance, die er wahrnehmen muss! Die Gedanken phan-tasieren um eine gemeinsame Zukunft. Wenn er mich liebt, wird er den Boden für uns bereiten? Die dortige UNI bietet Sprachkurse an. Soll ich den Sprung wagen? Eine Hütte am Lake Tahoe würde auf uns warten. Realistisch oder illusionäre Zukunftsperspektiven?

Vom einige Kilometer entfernten Flughafen steigt ein Jumbo auf und zieht eine weite Kurve in Richtung Westen. Ein Blick auf die Uhr verrät, dass Ferdinand in der Luft ist. Ich atme mehrmals tief durch und mache mich auf den Weg zu meinem Auto. Conni hat Wilhelm und mich zum Abendbrot eingeladen. Meine trüben Gedanken werden etwas beiseite geschoben. Wenn ich die vollständigen Unterlagen im Immatrikulationsbüro der UNI abgegeben habe, werde ich mich bei meiner Freundin in Barcelona für eine Woche einnisten. Wir werden unsere Gedanken austauschen, wie es möglich ist, Glückspfade aufzuspüren und auf ihnen möglichst lange zu wandern, um leuchtende Tage zu erleben.

Glückssplitter auflesen

(Informationen zum Thema Glück)

Glück – ein erstrebenswertes Ziel

Nach einer aktuellen Studie sind glückliche Menschen geselliger und großzügiger, produktiver bei der Arbeit und erfolgreicher beim Geldverdienen.
Außerdem haben sie ein starkes Immunsystem, sind gesünder und haben
eine höhere Lebenserwartung.

Von dieser Erkenntnis ausgehend ist es zu verstehen, selbst glücklich
sein zu wollen. Weiterhin versucht jeder, von glücklichen Mitbürgern
umgeben zu sein.

Das schien schon Jefferson im Jahre 1776 erkannt zu haben. Als unab-
dingbare Rechte sind in der amerikanischen Unabhängigkeitserklärung
neben Leben und Freiheit das

Streben nach Glück

genannt. Auch heute sehen alle demokratisch gewählten Regierungen es
als eine Hauptaufgabe an, dass ihre Bürger zufrieden und glücklich sind.
Es ist für die regierende Partei die Gewähr, wieder gewählt zu werden. Der
Staat – ein Vordenker für ein glückliches Leben? Auch privatwirtschaft-
lich geleitete Betriebe profitieren von glücklichen Mitarbeitern. Durch
gezielte innerbetriebliche Strategien versucht man, eine optimistische,
Glück verheißende Arbeitsatmosphäre zu schaffen.

Jedoch, kann man Glück „von oben" verordnen? Hat nicht jeder andere
Vorstellungen von Glück? Können sich nicht Glücksstrebungen widerspre-
chen – das Glück des einen ist das Unglück des anderen?

Die Regierungen können ihren Bürgern noch nicht einmal ein Recht
auf Arbeit garantieren – wie wollen sie administrativ erreichen, dass ihre
Bürger zufrieden und glücklich sind? Wie kann ein dem globalen Wettbe-
werbsdruck ausgesetzter Konzernchef seinen Angestellten und Arbeitern
soziale Sicherheit versprechen?

Glück ist die Sache jedes Einzelnen. Wenn in Verantwortung stehende
Politiker, Wirtschaftler oder Pädagogen Glücksversprechungen für alle
abgeben, bin ich sehr skeptisch. Bisher konnten derartige Versprechungen
nicht eingelöst werden.

Fest steht: Die Fassetten des Glücks sind unendlich vielgestaltig, sie sind individuell unterschiedlich strukturiert. Niemand möchte sich von einem anderen in seiner Suche nach Glück hineinreden lassen. Jeder will seines Glückes Schmied sein!

Wie ist es möglich, über einen derartig schwammigen, diffusen Begriff etwas einigermaßen Vernünftiges auszusagen? Ist ein derartiges Vorhaben nicht von vornherein zum Scheitern verurteilt?

Glück – was ist das?

In einer öffentlichen Diskussion diskutierten Experten das Thema: „Was ist Glück"? Den anerkannten Vertretern verschiedener Weltanschauungen und Disziplinen ist es nicht gelungen, sich auf die Formulierung eines Begriffes zu einigen. Die Auffassungen, worin das Glück besteht, waren, sind und werden weiterhin geteilt sein.

Trotzdem muss geklärt werden, was in dieser kleinen Abhandlung unter Glück verstanden werden soll. Allgemein formuliert ist „Glück das Eintreffen eines erhofften, aber unwahrscheinlich günstigen Ereignisses" (Internet).

Im Deutschen gibt es mehrere Bedeutungen:

GLÜCK HABEN (engl. luck) heißt, durch einen Zufall begünstigt zu sein, Man kommt nicht vorhersehbar in einen besseren Zustand, zum Beispiel:

– Lucky boy knackt den Jackpot,
– Lucky girl wird zur Schönheitskönigin gewählt,
– Langzeitarbeitsloser bekommt einen Job,
– Abiturient erwischt den gewünschten Studienplatz,
– Kleinkind bekommt das heiß ersehnte Schmusetier,
– Senior übersteht schwierige Notoperation.

Dieses zufällige, von außen kommende Glück ist nicht Thema unserer kleinen Betrachtung.

GLÜCK EMPFINDEN ist ein von innen kommendes, subjektives Wohlbefinden, eine Emotion, die nicht steuerbar ist. Man wirft den ganzen Ballast, der die Seele belastet, ab, ist eins mit der Welt, wird von einem unsagbar schönen Wohlbefinden durchflutet. Diese Glücksempfinden hat zwei Zeitvarianten:

DAS GLÜCKSMOMENT (engl. pleasure) ist von kurzer Zeitdauer. Der Dichter Herrmann Hesse hat ein von ihm erlebtes Glücksmoment ergreifend beschrieben (siehe Seite 71) und versucht, dieses einmalige Erlebnis zu abstrahieren.

GLÜCKLICHSEIN (engl. happiness) ist ein länger anhaltendes, weltoffenes Gefühl, belastende Elemente treten völlig in den Hintergrund, die Seele feiert eine heitere, harmonisch ablaufende Party. In den anliegenden kleinen Glücksgeschichten haben Menschen von den Minuten oder Stunden ihres erlebten Glücks gesprochen.

ZUFRIEDENHEIT UND WOHLBEFINDEN könnte man als eine Vorstufe des Glücklichseins auffassen. Doch diese Meinung entspricht nicht den Auffassungen von Glücksexperten. Der weise Khalil Gibran beschreibt den Unterschied zwischen Zufriedenheit und Glück (siehe Seite 72).

„Das Glück sucht nicht nach Zufriedenheit. Das Glück verlangt nach Vereinigung, während die Zufriedenheit nach Ablenkung sucht, die vom Vergessen lebt. Die unsterbliche Seele ist nie zufrieden. Das Glück beginnt im Allerheiligsten der Seele."

Der zufriedene Bürger bringt sich in das gesellschaftliche Leben ein, er outet sich als Lebensprofi, der auch Schlappen wegstecken kann, man weiß, dass er ein Herz für Arme und Kranke hat. Nach verdientem Feierabend sitzt er auf der Terrasse seines Golfclubs, balanciert geschickt seinen Schaukelstuhl aus, nimmt die Hintergrundmusik wahr wie auch die wärmenden Strahlen der Frühlingssonne, atmet tief die Duftschwaden blühender Pflanzen ein und bewundert das strahlende Gelb des Mimosenbaumes. All seine Sinnesorgane signalisieren physisches und psychisches Wohlbefinden. Er ist rundherum zufrieden mit sich und der Welt. Seine Leitfigur ist Epikur.

Eine Künstlerin wie die Dirigentin Simone Young sagt:

> Die Liebe meiner Kinder macht mich glücklich, die Liebe meines Mannes und die von guten Freunden. Zufriedenheit ist die einzige Emotion, die ich mir nie gönnen werde. Der Zweifel ist die Antriebskraft des Künstlers, ein Zweifel, der von einem Funken Hoffnung aufgehellt ist.

Man kann zufrieden, aber unglücklich sein, man kann Glück empfinden, aber unzufrieden sein. Dennoch: Zufriedenheit ist für die Allgemeinheit der Bürger ein erstrebenswerter Zustand. Ein chinesisches Sprichwort sagt:

> Der Zufriedene ist immer der Reichste.

Dazu ein Wort des Konfuzius:

> Zufriedenheit bringt auch in der Armut Glück,
> Unzufriedenheit ist Armut, auch im Glück.

UNZUFRIEDENHEIT ist ein negativer Gemützustand, der das Glück vertreibt. Das Glück hat überhaupt keine Chance in die Nähe dieses Eisberges zu kommen. Der Unzufriedene ist unfähig, seine Wünsche und Bedürfnisse zu realisieren. Er gibt sich selbst die Schuld, macht aber auch andere für seine trostlose Lage verantwortlich. Zum einen drückt ihn alter Ballast, den er mit sich herumträgt, zum anderen hat er hochgesteckte Ziele, die er

nicht erreichen kann. In der Rolle des piefigen Miesmachers, des Miss-
mutigen, Stumpfsinnigen, Freudlosen geht er sich selbst aber auch seinen
Mitmenschen auf die Nerven. Wandert er durch ein sonniges Blumenfeld,
so nimmt er dessen Schönheit nicht wahr. Seine Seele ist blockiert, sie ist
nicht offen für die Schönheiten dieser Welt. Am besten ist es, man geht
ihm aus dem Wege.

Da gibt es eine große, ständig wachsende Zahl von latent Unzufrie-
denen. Man kann sie nicht davon abbringen, Trübsinn zu blasen.

Nach der Lektüre der Morgenzeitung saugen sie alle negativen Mel-
dungen in sich hinein. Der Weltschmerz führt zu persönlicher Schwermut,
von der sie nicht lassen können. Wir Menschen in den westlichen Demo-
kratien haben das große Los gezogen. Vier Fünftel von uns leben in einem
materiellen Wohlstand, von dem unsere Vorfahren nur träumen konnten. Das Pro-Kopfeinkommen ist gestiegen, Küchen-, Arbeitsgeräte und
Maschinen haben die Arbeitsbelastung enorm gesenkt, durch Autos und
Flugzeuge sind wir mobiler geworden, wir können uns auf ein verbindliches
Rechtssystem verlassen. Trotzdem bedeutet dieser Wohlstand nicht, dass
die Menschen zufriedener sind. Von einem bestimmten Wohlstandslevel
an werden die Menschen nicht zufriedener. Im Gegenteil wachsen Angst
und Unzufriedenheit. Statistiken über Scheidungsraten, Selbstmorde,
Verbrechen, Drogensucht, schwere Depressionen dokumentieren einen
beängstigenden Zuwachs. Die Erkärungsversuche der Wissenschaftler
sind unbefriedigend, Lösungsangebote können deshalb nicht greifen. Die
Gebrechen des Alters scheinen Wilhelm ab und an zu plagen. Er verspürt
intensiv die Lasten auf seinen Schultern. Als Baumeister registriert er,
dass es nicht wie bei einem alten Haus um Substanzerhaltung geht. Er ist
aufgefordert, Strategien zu entwickeln, den körperlichen und geistigen
Verfall zu verlangsamen. Auf ein Wunder wartet er nicht. Dennoch kann
er nach der Morgenlektüre der Zeitung richtig wütend werden, wenn er
Ungerechtigkeiten entdeckt. Dann entwickelt er Energien, ruft Freunde
an, schreibt Leserbriefe, korrespondiert mit Leuten wie Noam Chomsky
und Bob Geldorf. Unzufriedenheit ist für ihn ein Kraftquell. Das imponiert mir ganz ungemein!

Glück in der Antike

In der antiken Mythologie ist Tyche, lateinisch Fortuna, die Göttin des Glücks und des Zufalls. Aus dieser Sicht ist Glück ein Ereignis, das der Planung des Menschen entzogen ist. Es ist nicht vorhersehbar und unterliegt der Wechselhaftigkeit des Schicksals, eine persönlich Laune der Götter.

Nach Solon entscheidet erst der Tod, ob ein Leben glücklich genannt werden kann oder nicht, der Tod ist die krönende Vollendung. Solon erklärt König Kroisos, wen er für den glücklichsten Menschen hält:

Tellos lebte in einer blühenden Stadt, hatte treffliche, wackere Söhne und sah, wie ihnen allen Kindern geboren wurden und wie diese alle am Leben blieben. Er war nach unseren heimischen Begriffen glücklich, und ein herrlicher Tod krönte sein Leben. In einer Schlacht zwischen Athenern und ihren Nachbarn in Eleusis brachte er durch sein Eingreifen die Feinde zum Weichen und starb den Heldentod. Die Athener begruben ihn auf Staatskosten an der Stelle, wo er gefallen war, und ehrten ihn sehr.

Als Zweitglücklichste stufte er zwei Brüder ein:

Kleobis und Biton waren Söhne einer Priesterin, die dringend zu einem Weihefest musste. Da die Zugtiere für den Wagen ausblieben, nahmen Kleobis und Biton selbst das Joch auf sich und zogen den Wagen, in dem die Mutter saß. Sie zogen das schwere Gefährt 45 Stadien weit bis vor den Tempel. Die umstehende Menge lobte die Kraft der jungen Männer. Die Frauen aus Argos priesen ihre Mutter, dass sie solche Kinder geboren hatte. Voller Dankbarkeit bat die Mutter HERA, der sie als Priesterin diente, ihren Söhnen das Beste zu schenken, was es für Menschen geben könne und beide verstarben schlafend noch in der folgenden Nacht.

Gott offenbarte, dass der Tod besser ist als das Leben.

Tellos beschreibt den Glücklichen: Er ist unversehrt, gesund, ohne Leid, glücklich mit seinen Kindern und wohlgestaltet. Wenn er dann noch einen schönen Tod hat, ist er wahrhaft glücklich zu nennen. Überall muss man das Ende und den Ausgang sehen. Vielen schon winkte die Gottheit mit Glück und stürzte sie dann ins tiefste Elend.

Glückssuche in früherer Zeit

Mentor Wilhelm empfiehlt, das Schatzkästchen der abendländischen Kultur zu öffnen. Was können wir von den alten Griechen und Römern lernen? Im INFO-Blatt „Glück in der Antike" gibt es dazu zwei Geschichten, die uns überliefert sind:

Telos war nach unseren heimischen Begriffen glücklich, und ein herrlicher (?) Tod in einer Schlacht krönte sein Leben. Von entscheidender Bedeutung ist der „glückliche" Tod. Niemand ist vor seinem Ende glücklich zu preisen. Nach Horaz ist es „süß und ehrenvoll fürs Vaterland zu sterben". „Niemand soll man glücklich heißen, bevor er gestorben und begraben ist," meint Ovid. Ich bin leider nicht in der Lage, diesen antiken Glücksbegriff historisch zu würdigen. Jedenfalls ist er nicht auf unsere Zeit zu übertragen.

Dann gibt es die Geschichte der beiden Brüder Kleobis und Biton, die sich vor den schweren Wagen spannten und ihre Mutter zum Weihefest zogen. Die Göttin HERA, aufgefordert den Brüdern das Beste zu schenken, ließ sie in der folgenden Nacht sterben. Moral der Geschichte: „Gott offenbarte, dass der Tod besser ist, als das Leben." Hieraus lassen sich zwei Folgerungen ableiten:

HERA wusste, dass auf die beiden Brüder kein glückliches Leben mit einem süßen Tod wartet. Nach einer alten Zigeunerweisheit ist keiner in der Welt glücklicher, als wer in den Kindeswindeln stirbt.

Tausenden von Sintis und Romas ist unsagbares Leid widerfahren.Sie wurden in Konzentrationslagern der NAZIS vergast.

Die Aussage, dass der Tod besser ist als das Leben, konzentriert unsere

Hoffnung auf das Jenseits: Befreit von der Mühsal des Lebens offenbart sich nach dem Tode ein glückliches Seelenleben.

Glück und Religion

Wesentlich früher als im Abendland gab es in China die „Drei Lehren" des Konfuzius, des Buddhismus und des Taoismus. Wird im Taoismus die Glückseligkeit in der Einsamkeit gesucht, ist die Glücksuche im Konfuzianismus in die Gemeinschaft eingebunden.

Der 14. Dalai Lama, Friedensnobelpreisträger, geistiges und weltliches Oberhaupt der Tibeter, kichert glucksend und ansteckend, schüttelt sich vor Lachen – einem Lachen, das aus seiner Seele kommt. Vergnügt verkündet er in einfachen Sätzen seine tiefen Wahrheiten: „Religiöse Menschen haben oft ein sorgenvolleres Leben als Atheisten. Loslassen ist der Weg zur Leichtigkeit und somit zum Glück. Die Quelle zum Glück und zum Leid liegt im Menschen selbst. Am besten findet man zu sich selbst, wenn Stille herrscht."

Im Judentum, Christentum und im Islam finden sich Paradiesvorstellungen im Jenseits. Ist es ein Anliegen Gottes, uns in unserem Leben glücklich zu machen?

Im Neuen Testament sucht man vergebens nach dem Wort Glück.

Ist Gott gegenwärtig, uns in unserer Not zu helfen? Bei seinem Besuch im ehemaligen KZ Auschwitz sprach Benedikt XVI. die Worte:

„Wir können in Gott nicht hineinblicken, wir sehen nur Fragmente. Doch wir müssen Ihn um Hilfe anschreien, ein Schrei, der auch in unser eigenes Herz geschrien werden muss, damit es wach bleibt und weiterschlägt, dass es nicht vom Schaum der Eigensucht und Gleichgültigkeit und Niedertracht bedeckt wird."

Nach **Pastor Traugott Giesen** wüssten wir uns im Glück, wenn wir nur des Alltäglichen Glanz und Wunder wieder sähen. Dazu ist das Wissen Jesus hilfreich. In Generationen erprobt und durchgehalten, kann es auch heute Ungeziefer von der Seele heben, festes Herz und weiten Horizont besorgen.

* * *

Hildegard von Bingen:

Meine Seele steigt – wie Gott will –
In der Schau empor bis in die Höhe des Firmamentes.
Das Licht, das ich schaue, ist nicht an den Raum gebunden.
Es ist viel, viel lichter als die Wolke, die die Sonne in sich trägt.
Weder Höhe noch Länge noch Breite vermag ich an ihm zu erkennen.
Und wie Sonne, Mond und Sterne in Wassern sich spiegeln,
So leuchten mir Schriften, Reden Kräfte und gewisse Werke der Menschen
In ihm auf.

* * *

Anselm Grün:

Wer das innere Licht gesehen hat,
Wer eins geworden ist mit Gott,
Der ist wahrhaft glücklich.

* * *

BUDDHISMUS: Glücksmomente durch buddhistische Meditation
Michael Baime: Glücksbeschreibung in der Versenkung

Es war eine Empfindung von Energie, die in mir ihr Zentrum hatte. Mein Geist entspannte sich, und ich spürte intensive Liebe, Klarheit und Freude. Die Verbundenheit mit allem in der Welt, die ich fühlte, war so tief, als wäre da nie eine Trennung gewesen.

Das INTERNET gibt Auskunft über die Glückssuche im Islam. Hiernach gibt es einen doppelten Zugang zum Glück: Zum einen über die Gemeinschaft, indem man sich an gewisse Grundsätze hält, zum anderen über das Individuum, das sich mit seinem Gott in Verbindung setzt. Das Ziel, das der Islam durch seine Grundsätze und Regeln vorgibt, besteht darin, dass der Mensch durch moralische Reifung in dieser Welt Ruhe und Glück und nach dem Tode in einer anderen Welt das ewige Glück findet. Durch das Gebet in der Gegenwart Allahs empfindet man ein Glücksmoment, der Weg durch ein gutes Leben führt zum ewigen Glück.

In den unterschiedlichen Religionen ähneln sich die Glücksvorstellungen. Es geht um das Paradies, um das Nirwana, um helfende Nächstenliebe, um die Einsamkeit, um die Teilnahme an einem Gottesdienst, um Meditation oder sich im Tanz in Trance zu setzen. Man sucht Ruhe, Frieden, Zielvorgaben, Zufriedenheit, Gottes Wohlwollen und erhofft sich das individuelle Glück.

Hermann Hesse: Über das Glück

Herman Hesse versteht unter Glück

„etwas ganz Objektives, nämlich das Teilhaben am zeitlosen Sein, an der ewigen Musik der Welt an dem, was andere die Harmonie der Sphären oder das Lächeln Gottes genannt haben.
Viele haben es nur einmal, viele nur wenige Male erlebt. Wenn alt gewordene Menschen sich darauf zu besinnen suchen, wann und wie oft sie Glück empfunden haben, dann suchen sie vor allem in ihrer Kindheit. Mit Recht, denn zum Erleben des Glücks bedarf es vor allem der Unabhängigkeit von der Zeit und damit von der Furcht, wie auch von der Hoffnung.
Und diese Fähigkeit kommt den meisten Menschen in den Jahren abhanden: Ein Zustand des still lachenden Einsseins mit der Welt, der absoluten Freiheit, der völligen Gegenwärtigkeit kann nicht lange währen, vielleicht Minuten. Bei vielen Erinnerungen handelt es sich um Wochen oder Tage, oder mindestens um einen Tag, eine Weihnacht etwa, einen Geburtstag oder einen ersten Ferientag.
Aber um einen Kindertag im Gedächtnis wieder herzustellen, bedürfte es tausender Bilder und für keinen einzigen Tag – auch nicht für einen halben – brächte das Gedächtnis die ausreichende Menge von Bildern zusammen."

Blauer Schmetterling

Flügelt ein kleiner blauer
Falter vom Winde verweht,
Ein perlmutterner Schauer,
Glitzert, flimmert, vergeht.
So wie im Augeblickblinken,
So wie im Vorüberwehn
Sah ich das Glück mir winken
Glitzern, flimmern, vergehn.

Khalil Gibran: Das Haus des Glücks

Als mein Herz erschöpft war, nahm es Abschied von mir und machte sich auf zum Haus des Glückes.

Nachdem es dieses Heiligtum erreicht hatte, blieb es verwirrt und ratlos stehen, denn es sah dort nicht, was es sich immer vorgestellt hatte.

Es sah weder Macht noch Wohlstand und keinen Herrscher. Es sah nur einen schönen Jüngling, seine Gefährtin, die Tochter der Liebe, und ihr Kind, die Weisheit. Da wandte sich mein Herz an die Tochter der Liebe und fragte:

„Wo ist die Zufriedenheit, Tochter der Liebe? Ich habe gehört, dass sie dieses Haus mit euch bewohnt."

Sie antwortete: „Die Zufriedenheit ist fortgegangen, um in den Städten zu predigen, wo Korruption und Begierde herrschen. Und wir brauchen sie hier nicht, denn das Glück sucht nicht Zufriedenheit. Das Glück verlangt nach Vereinigung, während die Zufriedenheit die Ablenkung sucht, die vom Vergessen lebt. Die unsterbliche Seele ist nie zufrieden. Sie strebt nach Vollkommenheit, und die Vollkommenheit gibt es in der Unendlichkeit.

Dann sagte mein Herz zum Sohn der Schönheit:

„Zeig mir das Geheimnis der Frau, o Schönheit, und erhelle meinen Verstand mit deiner Erkenntnis!"

Er erwiderte: „Die Frau ist wie du, menschliches Herz, und wie du warst, so war sie. Sie ist auch wie ich, und wo ich bin, da ist sie. Sie gleicht der Religion, bevor sie von Unwissenden entstellt wurde. Sie ist wie der Vollmond, wenn die Wolken ihn nicht verhüllen, und wie die Brise, bevor der Hauch der Verdorbenheit sie berührte."

Dann wandte sich mein Herz an die Weisheit, die Tochter der Liebe und der Schönheit, und bat:

„Gib mir Weisheit, damit ich sie den Menschen bringe".

Sie antwortete: „Sag ihnen, dass das Glück im Allerheiligsten der Seele beginnt und nicht von außen kommt!"

Glück und Unglück

Der Mystiker und Philosoph Khalil Gibran spricht:

„Freude und Leid sind unzertrennlich. Sie treten zusammen auf.
Wie zwei Waagschalen seid ihr aufgehängt zwischen eurem Leid und
eurer Freude."

Scholem-Alejchem lässt Tewje den Milchmann erzählen:

„… wenn man das Glück hat, so kommt es von allen Seiten gelaufen;
und es hört gar kein Verstand und keine Tüchtigkeit dazu. Wenn
man aber, Gott behüte, kein Glück hat, so kann man reden, bis man
zerspringt, und es wird nützen wie der vorjährige Schnee."

Nichts ist schwerer zu ertragen als eine Reihe von guten Tagen. Wer
kann für längere Zeit nur im Wellnessbereich leben? Von Goethe stammt
der Satz: „Unglück bildet den Menschen und zwingt ihn, sich selbst zu
erkennen." Faust – ein Prototyp der modernen Zeit – imponiert uns durch
sein Verzichten auf Glück.

Voltaire stellt fest: „Das Glück ist nur ein Traum, und der Schmerz ist real."

Wolfgang Koeppen kommt zu der Aussage: „Auch kein Glück zu
haben kann – aus dem Himmel betrachtet – Glück sein."

Paul Watzlawick stellt die Frage: „Was oder wo wären wir ohne
unsere Unglücklichkeit? Wir haben sie bitter nötig: Unglück, Tragödie,
Katastrophe, Verbrechen, Sünde, Wahn, Gefahr das ist der Stoff, aus dem
die großen Schöpfungen entstehen." Auf den Punkt gebracht: Kunst ist
Schmerz.

Nun ja, das ist schön gesprochen, kann aber nicht heißen, das Unglück
zu provozieren: Mit überhöhter Geschwindigkeit in die Kurve zu gehen,
untrainiert auf den Kilimandscharo zu steigen, bei Sturmwarnung auf der
Nordsee zu surfen … Jede Krankheit muss man annehmen, sich mit ihr
auseinandersetzen, ihr tapfer begegnen und versuchen, sie zu überwinden.

So muss man sich auch mit dem Unglück engagieren. Doch keineswegs sollte man es herbeisehnen. Ein chinesisches Sprichwort sagt:

„Dass die Vögel der Sorge und des Kummers über deinen Kopf fliegen, kannst du nicht verhindern. Doch du kannst verhindern, dass sie ein Nest in deinem Haar bauen."

Fernando Pessoa: Glück und Unglück

Einen glücklichen und einen unglücklichen Menschen beschreibt Fernando Pessoa im „Buch der Unruhe"

Weise ist, wer seine Existenz eintönig gestaltet, dann nämlich besitzt jeder kleine Zwischenfall das Privileg eines Wunders. Für meinen eintönigen Koch hat eine Ohrfeigen-Szene auf der Straße immer noch etwas von einer bescheidenen Apokalypse. Ein einziger Tag mit Circusclowns lebt in den inneren Spuren seines Lebens fort. Und wenn er über den Tresen in meiner Richtung lehnt, spricht aus seinem Lächeln ein großes, feierliches, zufriedenes Glück. Dabei verstellt er sich nicht, und es ist auch kein Grund vorhanden, weshalb er sich verstellen sollte. Wenn er sich glücklich fühlt, dann, weil er es wirklich ist. Das Glück ist bei ihm zu finden.

* * *

Die Gefühle, die am meisten schmerzen, die Emotionen, die am meisten quälen, sind zugleich die absurdesten – das Verlangen nach Unmöglichem, weil genau es unmöglich ist, die Sehnsucht, nach dem, was niemals war, der Wunsch nach dem, was hätte sein können, der Kummer, kein anderer zu sein, Unzufriedenheit mit der Existenz der Welt. All diese Halbtöne des seelischen Bewusstseins schaffen in uns eine schmerzliche Landschaft, einen ewigen Sonnenuntergang dessen, was wir sind.

Hat man dies gefühlt, bleibt unweigerlich ein Missfallen am Leben und all seinen Äußerungen, ein vorweggenommenes Überdrüssigsein aller Wünsche, ein namenloses Missfallen an allen Gefühlen. Das Leben ist hohl, die Seele ist hohl, die Welt ist hohl. Die Welt ist abhanden gekommen. Und auf dem Grund meiner Seele liegt – als einzige Wirklichkeit dieses Augenblicks – ein tiefer, unsichtbarer Kummer, traurig, wie ein Weinen in einem dunklen Zimmer.

Glück im Unglück

Der Nobelpreisträger IMRE KERTESZ
stellt rückblickend fest: Selbst in einem KZ konnte es Momente des Glücks geben. Heute bin ich glücklich, die blauen Augen meiner Frau zu sehen, in meinem Zimmer zu sitzen und zu schreiben. Auch bin ich glücklich, wenn ich sehe, dass die Liebe, die ich anderen entgegenbringe, erwidert wird.

* * *

Das Schicksal hätte JEAN MARIE LUSTIGER – Erzbischof von Paris – bitter lassen werden können. Seine Mutter wurde von den Nazis in Auschwitz ermordet. Doch er ist offen, den Menschen zugewandt. Trotz seines angegriffenen Gesundheitszustandes strahlen seine Augen ein inneres Glühen aus. In der Demut und im Leiden kommen s.E. sich die christlichen Religionen am nächsten.
Er zitiert einen Philosophen: „Glück ist nicht die Abwesenheit von Unglück, sondern seine Überwindung."

* * *

Die 58 jährige BRIGITTE HILPERT
hatte vor 15 Jahren einen Schlaganfall und ist linksseitig gelähmt. Ein schwerer Verkehrsunfall warf sie ein zweites Mal zurück.Unter Schmerzen schrieb sie mit ihrem gesunden Arm ihre Lebensgeschichte auf mit dem

Titel: Zurück ins Leben". Am Ende heißt es: „Ich bin gerade glücklich und finde das ganz normal."

* * *

Die promovierte Augenärztin Safinaz Hallioglu ist total von Metastasen zersetzt. Sie spricht von ihrem Freund dem Krebs, mit dem sie einen Wettkampf bestreitet. In ihrem Buch: „Überlebensfeier" findet sie tausend Gründe zum Glücklichsein. Bei einer Lesung lacht sie, wenn sie über ihr Schicksal spricht.

Ein Irrweg zum Glück

Nach Pressemitteilungen haben mehr als ein Drittel aller Jugendlichen schon einmal illegale Drogen genommen, wie Cannabis, Ecstasy, Amphetamine, Kokain oder LSD. Die Neigung, Rauschgift auszuprobieren, steigt.

Auch ich konnte der Versuchung nicht widerstehen. Während des Deutschunterrichts schob mir mein ehemaliger Freund einen Zettel auf den Tisch mit einer Aussage des Ecstasy Erfinders Alexander Shulgin:

„Ich fühlte mich leicht, glücklich und von unglaublicher Stärke beflügelt – wie in einer besseren Existenz. Mir war, als sei ich nicht nur ein Bürger der Erde, sondern im ganzen Universum zu Hause."

In einem guten naturwissenschaftlichen Unterricht versucht man, durch Experimente zu Ergebnissen zu kommen. So versuchten wir, durch Tests Erkenntnisse über die angebotenen Drogen zu bekommen. Womit kann man sich am besten mit Glück erfüllen? Unsere Einstiegsdroge war Ecstasy, die wir kurz vor einer Tanzparty nahmen. Von dem schwerelosen Vergnügen waren wir alle begeistert. Die meisten von uns stiegen nach dem Experiment aus. Zum einen hatten wir Angst, abhängig zu werden, zum anderen fühlten wir uns nach dem Aufwachen aus dem Glücksrausch ganz miserabel. Die depressive Stimmung war bedeutend länger als das Glückserlebnis.

Für mich ist es ein absoluter Irrsinn, das Glück durch Drogen zu suchen.

Das Vergnügen, mit dem Schaukelstuhl über London zu fliegen oder im gelben U-Boot in der Unterwasserwelt herumzudümpeln, gibt es nicht umsonst. Die seelischen Substanzverluste sind nicht zu ersetzen. Das zeigen die maskenhaften Gesichtsausdrücke ehemaliger Junkies.

Trotzdem bewundern wir die Bilder Van Goghs, die im Absinthrausch entstanden sind, wie auch die Songs der Beatles, der Stones und anderer erfolgreicher Gruppen, die unter Drogeneinfluss entstanden sind.

David Gilmour: Glück und Erfolg

Ein Interview mit dem Superstar David Gilmour
Süddeutsche Zeitung 20/21. Mai 2006, Seite 8

FRAGE: Macht sie der Erfolg stolz, oder?

GILMOUR: Ja, er bedeutet mir etwas, doch ich mache das Glück nicht an Verkaufszahlen fest. Ich bin ein glücklicher Mann.

FRAGE: Sie kommen auf die Bühne und 10 000 Menschen strecken ihnen die Hände entgegen. Was ist das?

GILMOUR: Eine Droge, nichts anderes. Wenn die Wirkung der Droge nachlässt, fällt man tief. Jubelnde Menschen sind gut für das Ego. Kurz danach sitzen sie allein in dem Hotelzimmer, und sie sehen Gespenster.

FRAGE: Warum sind sie glücklich?

GILMOUR: Auch ein Tischler kann glücklich sein.

FRAGE: Bereitet ihnen der Reichtum Schmerzen?

GILMOUR: Geld macht nicht glücklich. Ich habe in den letzten Jahrzehnten viele berühmte Menschen kennen gelernt, die waren enorm reich und enorm unglücklich. Unglück ist sogar ein kleines Wort für ihren deprimierenden Zustand. Ich bin dankbar, Erfolg zu haben und viel zu verdienen. Aber ich finde es ungerecht, so viel Geld zu bekommen. Es ist viel mehr als meine Frau und meine Kinder jemals ausgeben können. Ich habe ein schlechtes Gewissen. Deshalb unterstütze ich die Obdachorganisation „Crisis".

FRAGE. Wo liegt ihr Glück?

GILMOUR:Ich bin 60 Jahre alt, das ist eine Erfolgsgeschichte. In der Familie bin ich glücklich. Ich habe acht Kinder. Ich bringe sie in den Kindergarten und in die Schule, ich hole sie ab, male mit ihnen und hänge die Bilder in der Küche auf.

Kurt Tucholski: Liebe und Glück

Im Bilderbuch für Verliebte von KURT TUCHOLSKI wandert Wölfchen mit seiner Claire durch Rheinsbergs Wälder:

Jetzt kamen sie durch einen windstillen Hain junger Birken. GLÜCKLICH SEIN ABER NIE ZUFRIEDEN. Das Feuer nicht auslöschen lassen, nie,nie! In einem runden Loch kreiste schwarzes, fauliges Wasser. Alles andre ist ein Vorspiel: die Werbung, die Gewährung, das Genießen. Dann fängt es an und höret nimmer auf. Was kann vorher sein? Beschäftigt mit der simplen Frage: Ja? – Nein? – sehen sie nicht das Wesentliche, nicht das Eigentliche? Entkleide die deinigen von deinen Begierden, sie zu besitzen, setze sie in dein Zimmer, wunschlos, allein, denk, du habest alles, was du wolltest ...Bliebe sie. Kann sie mehr als locken, versprechen? – Kann sie geben? Nicht jede hält die Belastungsprobe aus. Man behütet nicht umsonst täglich das Letzte, wenn man nicht weiß, dass es das Kostbarste ist, was man zu geben hat. Eroberungen, bei denen der Reiz nur im Erobern besteht. Wir aber wollen besitzen.
Und es gibt keine tiefere Sehnsucht als diese: die Sehnsucht nach der Erfüllung. Sie kann nicht befriedigt werden ...
Leuchtender, leuchtender Tag! Da – sein voraussetzungsloses Da – sein und immerfort wissen, dass eine ist, die gleich fühlt, gleich denkt ...

(Denkt, fühlt sie wirklich? Aber ist das nicht einerlei, wenn wir nur glauben?) Nun, wir glauben eben einmal, dass wir uns nur deshalb nicht begegnen, weil wir nebeneinander demselben Ziele zulaufen, gleich strebend, parallel – … Dies zu wissen – Das ist Glück!

Tags darauf fuhren sie durch die Nacht, brausend aufgewühlt nach Berlin. In die große Stadt, in der es wieder Mühen für sie gab, graue Tage und sehnsüchtige Telefongespräche, verschwiegene Nachmittage, Arbeit und das ganze Glück ihrer großen Liebe.

Ein Weg zum Glück: Meditation

Stephan Bodian empfiehlt uns ein entspannteres und bewussteres Leben,
Er gibt zehn Tipps, um das Beste aus der Meditation zu machen. Einer davon lautet:

„Seien sie geduldig und gehen sie sanft mit sich selbst um.
Geduld habe ich schon als Kind trainiert. Wenn mich etwas sehr aufgeregt hatte und ich nicht einschlafen konnte, zählte ich Schafe. Nun empfiehlt man mir bis 1000 zu zählen oder nacheinander irgendein Wort, zum Beispiel Cocacola zu sagen bis das Nirwana über mich kommt. Mein Hirn wird mit belanglosem Zeug beschäftigt alle belastenden Gedanken verschwinden, meine elektrische Hirntätigkeit wird runtergefahren, wie auch Blutdruck und Pulsfrequenz. Mein Organismus ist ausgeglichen, entspannt, ich bin bei mir selbst, bin glücklich. Wenn ich wieder in die Realität zurückkehre übertrage ich meine positiven Gefühle auf alle Lebensbereiche."

Leider muss ich gestehen, diese angeblich leicht zu erlernende Methode, Glückmomente zu empfinden, sie in meine Lebensgestaltung aufzunehmen, beherrsche ich nicht.

Der Philosoph PETER SLOTERDIJK sagt über die Kunst des Meditierens:

„Wenn das Denken verschwindet, verschwindet die Zeit. Wenn du nicht denkst, steht die Welt still. Die Welt anzuhalten, das ist die Kunst der Meditation. Befreiung kann nur geschehen, wenn du dich ganz und gar aufgibst, wenn du nicht mehr da bist. Und es kommt in Wellen und Wellen werden zur Flut. Es kommt wie eine Sturmflut und trägt dich davon in eine vollkommen neue Realität.“

Von meinem Freund weiß ich, dass viele Künstler mit dem Buddhismus sympathisieren. Das Christentum ist zu kopflastig, der Buddhist sucht in der Meditation den Moment der Erleuchtung, man streift alle seelischen Belastungen ab, kann sich voll auf seine künstlerische Tätigkeit konzentrieren. Jeder zivilisierte Mensch sollte in der Lage sein zu meditieren – ein Pflichtfach zumindest in der Hochschule? Die Fähigkeit zum fokuszierten Versinken im Moment zu kommen fasziniert mich.
Ich bewundere Amerikas bekanntesten Filmemacher David Lynch, wie er seine Meditationserlebnisse glaubhaft beschreibt.

David Lynch: ein Weg zum absoluten Glück

Transzendentale Meditation

Ich hatte mal den Satz gehört: Wahres Glück ist nicht da draußen. Wahres Glück kommt von Innen. Stimmt, dachte ich, und der Weg nach innen ist die Meditation. Ich hörte mir einen Vortrag über TM an und bekomme einen Lehrer. Ich bekomme mein Mantra – ein Wort aus dem Sanskrit, ein bestimmter Klang, ein Ton, ein Gedanke, von dem man nicht weiß, was er bedeutet. Ich werde in ein Zimmer geführt, soll die Augen schließen und dieses Mantra verinnerlichen, es immerzu wiederholen. Und uhuhu, man taucht, man sinkt, man rutscht eine rutschige Bahn hinunter – und? Fällt ins Glück! Das Wort „einzigartig“ sollte für dieses Erlebnis reserviert sein.

So was passiert einem sonst nicht, und wenn, dann nur durch Zufall, und man kann es nicht wiederholen.

Aber mit dieser Technik versinkt man jeden Tag in der Glückseligkeit, morgens und abends, jeweils für 20 Minuten taucht man in ein formloses, inhaltloses Bewusstsein, in das reine Bewusstsein.

Mein Ziel ist, glücklich zu sein. Wenn man meditiert, sollte man sich was suchen, was einem schnell zum Ziel bringt, in einen Zustand ruhevoller Wachheit. Man braucht die Technik, die Maharishi Yogi gelehrt hat. Man macht es zwei mal am Tag. Das Mantra kehrt den Geist nach innen und man taucht in den Ozean des Bewusstseins, den sie im Sanskrit das Atma nennen.

Seelenruhe durch Abgrenzung

Bericht eines Leprakranken

Im Hinterland der Costa Blanca, in einem kleinen spanischem Dörflein Namens Fontilles, ist das Glück von einer Mauer umzingelt. Sie ist drei Meter hoch und drei Kilometer lang. In dem Areal leben 63 Menschen, die leprabedingt behindert sind. Sie sind medizinisch geheilt, doch verstümmelt oder entstellt. Für normale Menschen sind sie Aussätzige. In ihrem Refugium haftet ihnen dieser Makel nicht an. Es wird von einem 80jährigen alten Mann berichtet. Sein linkes Bein war verfault und musste abgenommen werden. Er hat krumme, gefühllose Finger, die er kaum bewegen kann. Wenn der Wind ihm ein Lied singt, die Blätter der Bäume rauschen, ist er glücklich. Hier in Fontilles fühlt er sich zu Hause. Die Familie und die Freunde von früher sind weit entfernt. Am Ende des Lebens hat er sein Glück gefunden, er lacht:

Glücklich kann man überall sein!

* * *

Bericht eines Kapuziner Mönchs

Ein 81 jähriger Kapuziner Mönch berichtet zufrieden aus seinem Leben, wobei er sich ab und an lachend den Bauch hält:
In meiner Jugend war ich unendlich neugierig auf das Neue, unverbraucht und sehr, sehr glücklich. Später in einem Einsatz in Afrika, in der Gegend um Daressalam, fuhr ich mit dem Motorrad einen schmalen Weg entlang. Alles war Wald, plötzlich stand ein Leopard vor mir. Wir sahen uns ohne Angst oder Hass an, und er kam mir unendlich schön vor. Das dröhnende Geknatter meiner Maschine schien ihn nicht zu erreichen. Endlich verschwand das Tier, ganz langsam.In dem Augenblick war ich seltsam glücklich.
In meiner Schaffenszeit habe ich in der Nähe der Stadt Ifakara mit meinem Bruder ein Heim für behinderte Kinder gebaut, es wurde ein richtiges Dorf. Schlaflos und streng überwachten wir das 200 mal 200 Meter große Bauvorhaben. Es wurde zu unserem Lebenswerk.
Heute lebe ich alt und krank in einem Kloster. Am Morgen öffne ich die Kirche, mache Licht, hole die Post, übernehme die Pforte, wasche ab.

Ich habe es schön, bin nützlich und deshalb glücklich.

Bericht von der Insel Vanuatu

Auf der kleinen Insel Vanuatu im Südpazifik leben die glücklichsten Menschen. Das ist das Ergebnis einer Studie der britischen Ideenschmiede New Economics Foundation. Die 200 000 Inselbewohner machen sich keine Sorgen. Sie sind nicht konsumorientiert, sind mit sehr wenig zufrieden. Ihr Leben dreht sich nur um die Familie und die Gemeinschaft. Angst haben sie nur vor Wirbelstürmen und Erdbeben.

Ergebnisse der Glücksforschung

Nach Ansicht glücksforschender Psychologen und Neurologen ist Glücksempfinden objektiv messbar.

Die Forschungsergebnisse des US-Hirnforschers NEIL SLADE können folgendermaßen zusammengefasst werden:

Unser Gehirn besteht aus drei Teilen:

Das STAMMHIRN reguliert die Körperfunktionen und das Verhalten wie Ernährung und Sexualität.

Das ZWISCHENHIRN ist zuständig für Emotionen, Ängste und soziale Intelligenz.

Das GROSSHIRN steuert u.a. unseren Sinn für Sprache, Musik, Kunst und Mathematik.

Innerhalb des Großhirns gibt es den **Stirnlappen**, der Denkprozesse in Gang setzt und unsere Kreativität fördert.

Glück besteht darin, dass die Emotionen des Zwischenhirns und die konditionierten Reflexe des Stammhirns unter die Kontrolle des wachsamen Stirnlappens kommen. Es kommt darauf an, das Verbindungsstück zwischen rechter und linker Hirnhemisphäre zu trainieren.

In einem ausgeklügeltem Trainingsprogramm gelingt es Neil Slade, die vorgenannten Bereiche durch bestimmte Gedanken und Verhaltensweisen zu stimulieren. Bei seinen Versuchspersonen kommt es zu einer Steigerung von Kreativität, Intelligenz und Glücksgefühlen.

Das Trainingsprogramm sorgt dafür, dass das Großhirn weniger Glukose verbraucht und damit effizienter arbeitet, das Stammhirn weniger Stresshormone und das Zwischenhirn mehr Serotonin und glücklich machende Endophine produziert.

(Literaturhinweis: Neil Slade: Der Glücksschalter, rororo)

Wege zum Glück

Walt Whitman zelebriert den Gesang von der freien Straße:

Zu Fuß und fröhlichen Herzens schlage ich die freie Straße ein,
Gesund, frei, vor mir die Welt;
Vor mir der lange, braune Pfad, der mich führt, wohin ich nur will.
Fortan verlange ich kein Glück; ich selbst bin das Glück.
Fortan wimmere ich nicht mehr, verschiebe nichts mehr, brauche nichts.
Vorbei sind die Klagen zwischen dumpfen vier Wänden und Bibliotheken,
vorbei gallige Kritik.
Rüstig und zufrieden schreit ich die freie Straße hin.

* * *

Aus J.D. Salinger: Der Fänger im Roggen

Es fing aus Kübeln an zu regnen. Wirklich aus Kübeln, das schwöre ich. Sämtliche Eltern und Mütter und alle rannten zum Karussell und stellten sich dort unter das Dach, um nicht bis auf die Haut durchnässt zu werden, aber ich blieb noch auf meiner Bank sitzen. Ich wurde durch und durch nass, besonders hinten am Hals und an den Beinen. Die Jagdmütze war ein guter Schutz, aber ich wurde doch sehr nass. Es war mir allerdings gleichgültig. Ich war plötzlich so verflucht glücklich, weil Phoebe immer im Kreis herumfuhr. Ich hätte beinah geheult, so verflucht glücklich war ich, falls das jemand interessiert. Ich weiß nicht warum. Einfach weil sie so verdammt nett aussah, während sie dort herumfuhr – in ihrem blauen Mantel und allem. Großer Gott, so was muss man gesehen haben.

Aussagen kluger Köpfe über Glück

Eine kleine Auswahl von Spruchweisheiten

Jeder ist aufgefordert, sich einen Reim zu machen, was er unter Glück versteht und welchen Weg er gehen will, das ersehnte Glück zu finden.

Hilfreich bei der Suche können die Ansichten von Philosophen, Dichtern, Schriftstellern und Wissenschaftlern sein. Interessanterweise kann man verschiedene Positionen ausmachen:

Die Seele gerät in einen glücklichen Zustand ohne äußeren Anlass

KHALIL GIBRAN: Glück beginnt im Allerheiligsten der Seele und kommt nicht von außen.

HEINRICH HEINE: In uns selbst liegen die Sterne des Glücks.

JANOSCH: Glück ist ein seliger Zustand der Seele ohne äußeren Anlass.

GADAMER: Glück ist für jeden, was er sich im Geheimen wünscht.

RILKE: Das sichtbarste Glück gibt sich erst uns zu erkennen, wenn wir es innen verwandeln.

SCHILLER: Wo kein Wunder geschieht, ist kein Beglückter zu sehn.

* * *

Glück kommt nicht von allein

ARISTOTELES: Glück ist Folge einer Tätigkeit.

B. BRECHT: Will das Glück erst erkämpft sein, kommt es doch nicht von allein.

JOSEF ACKERMANN: Ich bin glücklich, wenn das, was ich tue, erfolgreich ist.

C. POPPER: Find heraus, was du willst, dann tu es – das ist der Weg zum Glück.

ALICE MUNRO: Das Glück ist kompliziert, es ist harte Arbeit.

JOHN LUBBOCK: Glücklichsein muss man üben wie Geige spielen.

SAMUEL GOLDWYN: Glück ist Scharfblick für Gelegenheiten und die Fähigkeit, sie zu nutzen.

* * *

Glück mit Weggefährten und Freunden

SENECA: Ohne Gefährten ist kein Glück erfreulich

AUS SCHOTTLAND: Glück ist, Freunde zu haben.

BOTHO STRAUSS: Glück ist Gemeinsames finden, sich gemeinsam wiederfinden in gutem Zusammenhang.

PETER RAUE: Wer Glück schenkt, dem lacht es auch.

Glück und Liebe

GOETHE: Glücklich allein ist die Seele, die liebt.
Lieben heißt leiden.

HERDER: Denn dem Glück geliebt zu werden,
Gleicht kein ander Glück auf Erden.

HESSE: Glück ist Liebe, nichts anderes.
Wer lieben kann, ist glücklich.

GEORGE SAND: Du willst das Glück in der Liebe sehen. Das ist es nicht.
Das Glück ist in der Ruhe, in der Freundschaft;
Liebe das ist Sturm, ein Kampf.

* * *

Fragwürdigkeit des Glücksstrebens

PETER ROSEGGER: Das Glück trennt die Menschen,
das Leid macht sie zu Brüdern.

HANS SCHNEIDER: Mit dem Glück ist es wie mit dem Feuer:
Ist es erloschen, bleibt keine Wärme zurück.

BARBARA THALHEIM: Glück ist Sehnsucht, ist sie erfüllt,
ist das Glück verweht.

HERMANN HESSE: Glück ist ja nichts als ein Wort, ein Unsinn; es kommt
auf anderes an. Das Andenken dunkler Tage ist auch ein schönes
heiliges Besitztum.

Anmerkungen zu den Glücksinformationen

Wilhelm bekam von einem Archäologen einen Karton mit Tonscherben. Sein Bemühen, in ihren Umrissen aufeinander abgestimmte Teile aneinanderzukitten, war erfolgreich. Es entstand ein schön geformtes Gefäß. Es war nur ein Torso, einige bruchstückhafte Teile fehlen. Trotz seiner Unvollkommenheit und Nutzlosigkeit ist es ein Schmuckstück, das den Kaminsims ziert.

Ähnlich ist es mit den Glückssplittern. Mit dem Auflesen ist es nicht getan. Die einzelnen Splitter müssen zu einer Gesamtkomposition zusammengefügt werden. Es ist nicht leicht, den Zusammenhang zu finden zwischen den einzelnen Teilen und der ganzen Form. Es ist nicht ausgeschlossen, dass sich beim langfristigen Arbeiten die Form verändert.

Die Informationen zum Thema Glück sind zum Teil widersprüchlich. Damit habe ich keine Schwierigkeit. Das Feld menschlicher Emotionen ist sehr groß. Nicht alle sind für mich akzeptabel. Ich bin jung, im Laufe meines Lebens werden sich Werte verschieben. Da bin ich nicht allein. Auch Hermann Hesse ging es so. Als 27-Jähriger hat er sich völlig anders zum Thema Glück geäußert als im Alter von 72 Jahren. Außerdem spielen die äußeren Bedingungen eine große Rolle.

Nach aufopfernden, stressigen Jahren als Mutter von acht Kindern genießt Bettina von Arnim die Einsamkeit in Wiepersdorf und schreibt: „Diese treffliche Einsamkeit macht mich glücklich!"

George Sand singt nach einem verregneten kalten einsamen Winter auf Mallorca ein Hohelied auf das menschliche Zusammenleben:

„Der Mensch kann nicht nur mit Bäumen, Steinen, einem reinen Himmel, einem azurfarbenen Meer, nicht mit Blumen und Bergen leben, sondern muss Menschen seinesgleichen haben, damit sie die Lücke ausfüllen, die in der Seele entsteht. Unser Herz ist zu liebevoll, als dass wir einander missen können."

Jeder möchte ein sinnvolles und erfülltes Leben führen. Dazu sollte man zwei Fragen beantworten: „Wer bin ich und was will ich?" Das Leben besteht nicht nur aus einer Aneinanderreihung von Glücksmomenten. Ein unreflektiertes Streben nach Glück ist genauso fragwürdig wie ein zügelloses Streben nach Erfolg, Besitz, Macht und Sexualität.

Jeder ist seines Glückes Schmied. Es bringt nichts, von einem vermeintlichen Paradies zu träumen. Es geht vielmehr darum, mit der richtigen Einstellung locker und heiter aktiv zu sein. Das scheint mir der beste Weg, zu einem sinnvollen und erfüllten Leben zu kommen.

Ich mache mir die Auffassung von Heinrich Heine zu eigen, wonach „in uns selbst die Sterne des Glücks liegen". Jedoch, sie müssen zum Leuchten gebracht werden! Innere Ruhe, Freundschaft und Liebe sind Energiequellen, die die Sterne in uns erstrahlen lassen können.

Im Talmud steht geschrieben: „Wenn ich nicht für mich bin – wer wird dann für mich sein?" Es ist jedermanns Recht und Pflicht, für sich – seine körperliche und seelische Gesundheit – einzutreten und sein ganz individuelles Glück zu suchen. Es ist aber weiterhin geschrieben: „Wenn ich nur für mich bin – wer bin ich dann?" Ein selbstloses Engagement für ein gute Sache oder den Mitmenschen wird angefordert. Nicht jeder ist ein Lebensprofi, es gilt, die Gescheiterten und Hilflosen mit zu nehmen.

Konfuzius belehrt uns: „Ohne sittlichen Halt kann man weder Glück noch Unglück lange ertragen."

Kant verbindet glücksstrebendes und tugendhaftes Handeln. Erst diese Koppelung macht es möglich, durch Pflichterfüllung den Weg zur Glückseligkeit zu finden. Bertold Brecht formuliert es treffend und schön:

Keinen verderben lassen, auch nicht sich selber.
Jeden mit Glück zu erfüllen, auch sich, das ist gut.

Glücksmomente nachempfinden

(Kleine Glücksgeschichten)

Einleitende Gedanken

„Hatten sie ein Glückserlebnis, das in ihrem Gedächtnis einen besonderen Platz einnimmt, das ihre Seele erwärmt, an das sie gern zurückdenken?"

Mit diesen oder ähnlichen Worten habe ich Menschen gebeten, eine Situation zu schildern, in der sie glücklich waren. Da es keine allgemein verbindliche Definition über Glück gibt, wurde jede Antwort akzeptiert. Es ist äußerst schwierig, Emotionen zu beschreiben. In einigen Fällen schien es erforderlich, die Schilderungen zu verdichten und abzurunden, ohne hierdurch den Sinn zu entstellen. Bei Mehrfachnennungen musste eine Auswahl getroffen werden. Über die Hälfte der Befragten erinnerte sich nicht an Glückserlebnisse, etliche baten um Bedenkzeit. Mehr als über Glück, wollte man über Unglückserlebnisse berichten, die das Leben maßgeblich beeinflusst haben.

Allgemein ist festzustellen:

– Es wird kein Fall beschrieben über die Wahrung oder Vermehrung des Besitzstandes: neue Wohnung, Haus, Auto, Boot usw.
– Beruflicher Aufstieg oder persönliches Fortkommen finden keine Erwähnung: Bestandene Schul-, Hochschul-, Berufsabschlüsse, Erreichen gehobener Positionen.
– Der sexuelle Bereich scheint tabuisiert zu sein: Erster Kuss, große Liebe, sexuelle Highlights.
– Familienevents werden nicht genannt: Geburt, Taufe, Hochzeit, Traumurlaub.

Die ausgewählten Glücksgeschichten stellen keinen repräsentativen Querschnitt dar. Sie können ein Impuls sein, über eigene Glückserlebnisse und alltägliches Verhalten nachzudenken.

Es wäre schön, die vorliegende bunte Palette durch weitere Geschichten zu ergänzen. Mailen Sie Ihr Glückserlebnis an C.M.-CORONA@t-online.de. So wird die bunte Palette noch farbenfroher werden.

Jetzt fahr'n wir über'n See…

Heute Abend habe ich Glück, der See ist spiegelblank. Tante hat genickt, ich darf mit hinausfahren. Auf dem Steg strecke ich die Hände hoch und sie hebt mich ins Boot.

Am Bug ist mein Platz hergerichtet. Ich darf nicht viel umherzappeln und muss mit meiner Püppi still sitzen. Mit einem Ruder stößt sie uns vom Steg ab. Dann legt sie beide Ruder in die Dollen und fängt an zu rudern. Hinten am Heck steht Onkel, er gibt Zeichen, wo es lang gehen soll.

Ich singe sein Lieblingslied „Jetzt fahr'n wir über'n See". Er kennt seinen See genau, natürlich auch unter Wasser. Als er die Hand flach hält, hört Tante auf zu rudern. Lange Stangen werden in den See gebohrt und Stellnetze werden aufgestellt. Mein Püppchen ist dumm, ich erkläre ihr alles, was gemacht wird. Etwas weiter weg werden Reusen ins Wasser gelassen. Danach muss Tante mitten auf den See rudern. Da legt Onkel Aalschnüre. Davon habe ich auch ein paar gemacht. Im Mondlicht kann ich die weißen Korken sehen, die auf den Wellen tanzen. Als alles andere verlegt ist, rudert Tante nach Hause und Onkel stopft sich eine Pfeife. Mein Püppchen ist müde. Es schläft wie die Fische im dunklen See in ihren Verstecken. Ich lege mich zurück und schaue mir den Himmel an. Unendlich viele Sterne lächeln mich freundlich an. Es gibt große, die ganz hell leuchten und kleine, zu denen ich gehöre. Ich bin zu müde, um Tante's Lieblingslied „Weißt du wie viel Sterne stehen …" zu singen. Das Eintauchen der Ruder, das Rauschen des Wassers am Bug, so müsste es immer sein. Doch das wirklich Schöne geht viel zu schnell vorbei. Plötzlich raschelt das Schilf, der Kahn schrammt am Steg entlang. Ich sorge mich darum, dass mein Püppchen weiterschlafen kann.

Wenn mich heute im Alter die Sorgen drücken, denke ich an mystische, einzigartige Momente meiner Kindheit. Sie verleihen meinem Leben einen unschätzbaren, strahlenden Glanz.

Ein gelbes Schuwidu

Ich sitze im Gras und schaue mir meine Beute an. Mein Karton hat einen durchsichtigen Deckel. Im Innern krabbeln mehrere Kriechtiere: Ameisen, Feuerkäfer, Mistkäfer, drei Marienkäfer, ein Maikäfer und zwei Heuspreng- sel. Mit Ausnahme des Maikäfers turnen alle herum auf dem Moos, den Grashalmen und Blättern. Morgen nehme ich sie mit in den Kindergarten und zeige sie Tante Ingrid. Jetzt kommt Oma zu mir und bewundert meinen Schatz. Dann fasst sie in ihre Schürzentasche, ihre Hand öffnet sich über dem Gras und vor mir liegt ein kleiner gelber Ball. Doch dieser Ball hat einen Kopf und einen Schnabel und steht auf winzig dünnen Beinen. Als es mich anblickt und piepst bleibt mir fast das Herz stehen. Es ist ein Küken. Oma sagt: „Du bist die Mama für das Hühnerbaby, wenn du ihm hier alles gezeigt hast, kommst du zu mir in die Küche.“

Sie geht ins Haus und lässt mich mit dem kleinen piepsenden Ding allein. Alle Käfer rennen vor mir weg, das Küken kommt immer näher zu mir. Wenn ich wegrücke, kommt es hinterher. Tippe ich mit dem Zeigefinger in den Sand, pickt es mit dem Schnabel. Ich bin völlig konfus: „Was soll ich denn mit diesem Winzling machen, wie hat Oma sich das vorgestellt?“ Als ich meine flache Hand unter seinen Körper schiebe, hüpft es hinauf und setzt sich hin. Sucht es die Wärme meiner Hand? Nun macht es die Augen zu – will es schlafen? Ich wage nicht, mich zu bewegen. Die Krabbeltiere, die ich vorher gesammelt habe, sind mir völlig schnuppe. Der Kater Murr scheint sich auch für meinen Schatz zu interessieren. Er kommt immer näher. Allmählich wird mir die Situation mit dem anschleichenden Murr etwas unheimlich. Mit der rechten Hand halte ich das Küken an meine Brust, mit der linken nehme ich den Deckel vom Karton und drehe ihn um. Nun stelle ich den Piepser in den Karton und decke ihn oben ab. Mit großem Interesse schaut sich Murr den Kleinen an. Mit einem Pfötchen will er ihn streicheln, doch das lasse ich nicht zu. Das muss ich erst mit Oma besprechen. Die weiß Bescheid, denn sie hatte früher einmal Hühner. Vorsichtig nehme ich den Karton und trage ihn in die Küche.

Ich bin das Leben

Ich bin fünf Jahre alt und fahre mit meiner Mam an die See. Ich bin gespannt wie ein Flitzebogen, denn ich werde das erste Mal das große Meer sehen. Wir schwitzen beide vor uns hin, denn im Zug ist es schwül und drückend warm. Meine dauernde Fragerei, wann wir endlich da sind, ist recht nervig. Jedenfalls entschließt sich meine Mam eine Geschichte zu erzählen – und das kann sie gut.

Es ist die Geschichte von einer Möwe, die Jonathan heißt. Sie ist anders als ihre Artgenossen. Sie möchte besser fliegen, als alle anderen. Und weil sie täglich trainiert, schafft sie das. Sie fliegt hoch bis zu den Wolken und im Sturzflug ist sie schneller als unser Zug. Doch sie kann auch in der Luft stehen, weil sie den Wind gut kennt. Das ist alles ganz cool. Wir müssen durch den ganzen Badeort laufen, bevor wir ans Meer kommen. Endlich erreichen wir die Dünen. Oben angekommen, liegt das riesige weite Meer zu unseren Füßen. Einige Möwen schweben über uns und scheinen uns zu begrüßen. Ohne mich zu bücken, schlüpfe ich aus meinen Schuhen. Ich blicke ein Mal zu Mam hoch und dann laufe ich los. Mit ausgebreiteten Armen schwebe ich über den weißen Sand. Kurz vor dem Wasser ist er nicht zuckrig, sondern fest. Dann klatschen meine Fußsohlen so auf die Wasseroberfläche, dass alles nur so spritzt. Nun geht es langsamer voran. Als meine Flügel auf dem Wasser liegen, bleibe ich einen Augenblick stehen. In meinen kühnsten Träumen habe ich mir das Meer nicht so gewaltig und schön vorgestellt. Ich jauchze vor Freude.

Der Blick zurück zeigt meine Mutter mit erhobenen Armen. Ich knicke meine Füße ein bis mein Kopf unter Wasser ist. Bein Auftauchen wische ich das Salzwasser aus meinen Augen, denn es brennt. Etwas verschleiert sehe ich, wie meine Mam anfängt zu lachen. Wir lachen gemeinsam, wie die Möwen über uns. Ich kreische vor Freude. Die ganze Welt jubiliert. Ich bin das Leben, könnte zerspringen vor Glück!

Frei von Albträumen

Lehrer Finke verfolgt mich in meinen Träumen. Auch in dieser Nacht treibt er mit mir sein Spiel. Auf die Frage, wie die Steigerungsform von „gut" ist, antworte ich „guter". Höhnisch lachend tritt er zu mir heran. Blitzschnell gibt er mir eine Kopfnuss. Mit den Worten: „Das war gut, aber das ist besser", erfasst er meine Schläfenhaare und ziept mich.. Dann nimmt er mein Ohrläppchen und zieht mich bis auf die Zehenspitzen: „Und das ist das Beste!"

Beim Kopfwaschen muss ich meiner Mutter erklären, warum mein linkes Ohrläppchen eingerissen ist. Nun weckt sie mich mit den Worten: „Du musst aufstehen, eine Überraschung wartet auf dich!"

Beim Anziehen sehe ich die Überraschung. Es muss die ganze Nacht geschneit haben, denn unser Garten liegt unter einer dicken, weißen Schneedecke. Meine Skier, die ich zu Weihnachten bekam, lehnen mit den Stöcken an der Zimmerwand. Doch die Weihnachtsferien waren grün und jetzt, am ersten Schultag, stecken wir im Schneeparadies.

Nach dem Frühstück sagt meine Mutter für mich völlig unerwartet: „Bin gespannt, ob du dich traust, den Berg hinunter zu fahren. Nimm deine Skier und zeig's mir!"

Das Hochsteigen im knietiefen Schnee ist gewiss nicht leicht. Ich bin zufrieden, als ich oben bin. Die Höhe überrascht mich. Nachdem ich die Ski angeschnallt habe, stoße ich mich mit den Stöcken kräftig ab, gehe ich die Hocke und sause im Schuss nach unten. Aus kleinen Sehschlitzen kann ich unten meine Mutter etwas verschwommen ausmachen. Vor Begeisterung stoße ich einen gewaltigen Schrei aus, den Mutter bei Erzählungen immer wieder erwähnt. Allmählich werde ich langsamer und bleibe nur einige Meter hinter meiner Mutter stehen.

„Donnerwetter", sagt sie, „du bist bestimmt besser als dein Lehrer, du bist der Beste!" Nachdem ich meine Skier abgeschnallt habe, bekomme ich den Schulranzen auf den Rücken und einen Klaps auf den Popo. „Sag deinem Lehrer Finke, dass ich ihn heute nach der Schule sprechen will. Dann werde ich dein Zuspätkommen entschuldigen."

Als ich ein Stück die Straße hinunter gegangen bin, drehe ich mich um.

Meine Mutter hat in der einen Hand die Skier, in der anderen Hand die Stöcke. Mit ihnen winkt sie mir zu. Sie hat mit mir ein Komplott geschmiedet, gegen das Lehrer Finke machtlos ist. Seit dem hat er mich nie wieder ausgelacht, gezüchtigt oder im Traum verfolgt. Was eine Skifahrt alles bewirken kann!

Ein Berg kann Gedanken versetzen

Wir kamen im Dunkeln an. Schlaftrunken ging ich nach oben.

Ma brachte mich gleich ins Bett. Ich schlief wie ein Murmeltier.

Heute morgen macht mich das Klappern von Geschirr wach. Auch meine ich den Duft von Kakao zu schnuppern. Mein Blinzeln ergibt, dass es hell ist, ganz hell vom Sonnenschein.

In meinem Schlafanzug springe ich aus dem Bett und hopse zum Balkon. Dort ist der Frühstücktisch gedeckt, an dem meine Eltern sitzen.

Ich schaue nach draußen und traue meinen Augen nicht.

Hinter einer Wiese, auf der Kühe weiden, wächst ein Berg empor. Ich schaue immer wieder nach oben, er ist unvorstellbar groß. Ganz oben wird er von der Sonne bestrahlt, sein Kopf ist weiß. Bestimmt reichte er bis an die Wolken. Ich sehe, wie ein kleines Wölkchen auf den Berg zuschwebt und darin verschwindet. Mit meinen Augen taste ich den Berg ab. Irgendwie zieht er mich in seinen Bann. Ich fühle, dass von ihm eine Kraft ausgeht. Wie die Wolke vorhin, so wird meine Seele in das Innere des Berges gezogen. Ich habe das Empfinden, als würde ich mich in ihm versenken. Irgendwann sagt Ma, dass der Kakao kalt wird. Ich schlürfe an der Tasse und allmählich merke ich, dass meine Eigenständigkeit zurückkehrt. Pa legt mir eine Decke um, er reicht mir ein Fernglas. Ich fange an, ihn auszufragen über das gewaltige Etwas, das plötzlich und unerwartet in mein Leben getreten ist.

Wo wir uns finden zur Abendzeit

Aller guten Dinge sind drei. Mit 14 Jahren schicken mich meine Eltern noch einmal aufs Land. Unsere Familie ist vom Sozialamt als „bedürftig" eingestuft. Mit dem Zug geht es bis zu einem kleinen Ort im Allgäu. Die beiden Mädchen des Bauern, Kati und Anni, holen mich vom Bahnhof ab. Mein Gepäck wird auf die drei Fahrräder verteilt. Die neuesten Neuigkeiten werden in der Eisdiele besprochen. Die Sommerferien fallen mit der Erntezeit zusammen. Das hat seinen Grund, denn da gibt es die meiste Arbeit. Bisher haben wir Kinder noch ein Privileg. Wir können bis um 8 Uhr schlafen. Doch der Bauer meint, weil wir essen wie die Erwachsenen, ist es damit im nächsten Jahr vorbei.

Ansonsten läuft es wie immer: Jeden Sonnabend wird gebadet. Im Waschraum neben dem Kuhstall steht ein großer Trog. Als erster besteigt der Bauer den Zober, dann seine Frau, dann die Jungen und zum Schluss wir drei Mädchen. Wir bekommen extra einen Schuss heißen Wassers. Am Sonntag vor dem Kirchgang stellen wir Kinder uns in der Stube auf. Jeder berichtet, was er in der letzten Woche getan hat. Ist der Bauer zufrieden, bekommt der einzelne 2 Mark.

Nach dem Kirchgang tragen wir unser Verdientes in die Eisdiele. Die vier Wochen sind wie im Fluge vergangen. Wie immer hatten wir drei Mädchen unseren Spaß. Erstmals durften wir sonnabends zur Kirmes gehen. Nachts hat sich Anni noch heimlich rausgeschlichen und ist erst gegen Morgen heimgekommen. Wir hatten unsere Geheimnisse.

Nun, am letzten Tag, geht es in den Wald zum Beerenlesen. Das ist eine leichte Tätigkeit für Frauen und Kinder. Der Bauer setzt uns an einem bestimmten Punkt ab und wir schwärmen aus. Jeder bekommt zwei Körbe, die er vollpflücken muss mit Blaubeeren, Preiselbeeren oder Brombeeren. Die Großmutter und die Bäuerin sind am schnellsten, die Jungs am langsamsten. Am Abend sind alle mitgebrachten Körbe bis zum Rand gefüllt. Endlich hören wir das Getucker des Treckers: Der Bauer kommt. Er lobt uns, hilft uns mit unseren Körben auf die offene Pritsche und ab geht's in Richtung Hof. Das Land strömt sommerliche Wärme und Blumendüfte aus, auch von den Robinien und Linden, die in Blüte stehen.

Natürlich tun wir dem Bauern den Gefallen und singen voller Inbrunst seine Lieblingslieder. Als wir die Dorfstraße entlang fahren, müssen wir noch einmal „Kein schöner Land in dieser Zeit…" trällern.

Wir Mädchen lachen und gackern herum. Wir umarmen die Welt, die wir lieben und sie liebt auch uns, dessen sind wir sicher. Dennoch überkommt mich ein Hauch von Wehmut. Ich spüre, dass ich dabei bin, meine Kindheit zu verlassen. Diese Fahrt bringt mich in ein mir unbekanntes neues Terrain und ich singe voller Inbrunst die letzte Strophe des Liedes: „… in seiner Güte, uns zu behüten, ist er bedacht".

Eine Dorfstraße

Meine Frau und ich sind Radler aus Passion. Wenn es irgendwie geht, lassen wir das Auto in der Garage. Unsere ausgedehnten Radeltouren beschränken sich nicht nur auf unser Heimatland, wir sind auch in Europa zuhause. Als Gymnasiast habe ich das Radfahren verflucht. Von meinem Dorf zur Kreisstadt waren es hin und zurück 36 Kilometer, und das bei Wind und Wetter – auch im Winter. Zweimal in der Woche führte mich ein Musiklehrer in das Klarinettenspiel ein. Wie das Radfahren ist Musik machen mein großes Hobby. Mit anderen Oldies spiele ich in einer Jazzband.

Das Highlight meines Lebens hat sich auf einer Dorfstraße abgespielt, als ich etwa fünf Jahre alt war. Seit einiger Zeit erwarte ich meinen Vater, der mit dem Rad von der Arbeit kommt. Endlich biegt er in die Dorfstraße ein. Ich fahre ihm mit dem Fahrrad entgegen. Es gelingt mir, auf dem Festplatz einen Kreis zu machen und wir fahren gemeinsam zu unserem Haus. Absteigen kann ich noch nicht, das Rad ist zu groß für mich. Ich lasse mich seitlich fallen. Meine Schienbeine und Ellenbogen sind aufgeschlagen und blutig. Doch das ist nicht die einzige Überraschung. Aus der Tasche nehme ich eine Mundharmonika und spiele sein Lieblingslied. Er nimmt mich auf den Arm und wirbelt mich herum. Die Freudentränen wischt er sich mit dem Jackenärmel ab. Er hat sein Versprechen gehalten und mir eine Klarinette gekauft. Kurz darauf ist er tödlich verunglückt.

Liebe und Stolz

Ich bin körperbehindert, auch das Lernen fällt mir schwer. Deshalb gehe ich auf eine Sonderschule. Normale Kinder gibt es bei uns nicht. Die sind auf einer normalen Schule. Mein Bruder Klaus ist auf einer normalen Schule. Mein Vater sagt, Klaus wird später auf ein Gymnasium gehen und dann studieren. Wie es mit mir weitergeht, wissen wir noch nicht. Ich bin ein Sorgenkind. Papa und Mama sagen, wir müssen abwarten. Papa sagt, der liebe Gott hat einen Fehler bei der Verteilung meiner Chromosomen gemacht, ich habe ein „Down Syndrom". Was das ist, weiß ich nicht.

Die Lehrerinnen haben es nicht leicht mit uns. Manchmal kann mir Frau Edith richtig Leid tun. Aber sie schimpft nicht, ist immer fröhlich und denkt sich tolle Sachen aus. Im letzten Jahr waren wir oft draußen, waren im Circus, im Zoo, auf einem Bauernhof, im Aquarium. Nun hat sie uns ein großes Blatt gegeben. Wir sollen ein Bild malen, von dem, was uns am meisten gefallen hat. Für die schönsten Bilder gibt es Preise. Natürlich wollte jeder das allerschönste Bild malen. Ich war Feuer und Flamme!

Einige grübelten herum, ich wusste sofort, was ich malen wollte: Ein Unterwasserbild. Zuerst male ich blaue und grüne Wellen, unten am Boden Steine und Krebse und so was, im Wasser schwimmen verschiedene Fische. Im Mittelpunkt male ich eine lachende bunte Krake. Die sieht zwar etwas ulkig aus, aber sie freut sich. Erst hingen die Bilder in unserer Schule. Dann hörten wir nichts mehr, wir hatten sie fast vergessen. Eines Tages gibt Frau Edith mir einen Brief für meine Eltern. Da steht drin, dass wir ins Rathaus kommen sollen, da sind die Bilder. Natürlich fahren wir hin: Papa, Mama und ich. In einem großen Saal haben viele Leute viel geredet. Plötzlich schauen sie alle auf mein Bild. Die meisten Menschen haben sich darüber gefreut, denn sie lachten und klatschten begeistert. Ich musste mich davor setzen, ein Foto wurde gemacht. Endlich nehmen mich Vater und Mutter, wir gehen zum Auto und fahren los. Da streichelt mich Mutter und sagt: „Wir lieben dich und sind stolz auf dich!". „Und du, Vater?", frage ich, und er sagt: „Ja, wir haben dich lieb, du bist unser Stolz!" Da fange ich an zu weinen und Mutter streichelt mich. Wenn der liebe Gott sich mit den Chromosomen vertan hat – vielleicht macht er mich zum Malkünstler?

Glücklich, ein Fan zu sein

Vor meinem 12. Geburtstag fragte mich meine Mutter, ob ich einen besonderen Wunsch habe. Da brauchte ich nicht lange zu überlegen:

Mit meinen Freunden ins Stadion gehen, wenn Hertha spielt.

Mein Wunsch wird erfüllt. Im Stadion sitzen wir unten am Spielrand, links von uns ist die Fan-Kurve, ein obergeiler Platz! Auch meine Kumpels sind begeistert. Sie haben mir ein Shirt von meinem Lieblingsspieler geschenkt. Wir haben alle blau-weiße Schals und Pudel. Einer hat eine große Fahne, die bei Sieg geschwenkt wird. Als erstes wird die Gastmannschaft vorgestellt. Wenn der Name eines Spielers genannt wird, rufen wir aus vollem Halse: „Na und?!"

Bei unserem Team nennt der Stadionsprecher den Vornamen und wir rufen seinen Nachnamen. Das Spiel kann beginnen, der Schiri nimmt die Zeit und pfeift die Partie an.

Zweifellos haben wir mehr vom Spiel, gewinnen mehr Zweikämpfe, haben mehr Ballkontakte. Ein Strafstoß gegen uns aus 18 Metern Entfernung regt uns nicht weiter auf. Aber plötzlich zappelt der Ball im Netz. Wir sind entsetzt, sprachlos wie die Hertha-Fans. Als die Mannschaften zur Halbzeit das Spielfeld verlassen, pfeifen wir unsere Heinis aus.

Wurst und Pommes haben einen leichten Beigeschmack, den auch die Cola nicht überspülen kann. Jetzt heißt es, unsere Jungs zu unterstützen!

Wir empfangen sie mit donnerndem Applaus.

Die Jungs legen noch einen Zahn zu und das zahlt sich aus. Unser rechter Verteidigen schießt eine unhaltbare Bombe ins untere Toreck.

Riesenjubel, doch wir wollen mehr sehen! Der Schiri kommt unserer Aufforderung nach, gibt uns einen Elfer. Unser Topscorer verwandelt das Ding mit links, verschaukelt den Torwart. Nun sind die 70 000 aus dem Häuschen. Die La Ola-Welle geht durch das Stadion und gemeinsamer Gesang: „Einer geht noch, einer geht noch rein!" Ich stehe auf dem Sitz und schwenke unsere Fahne. Ich gehöre zu den Siegern, werde geliebt, wie die da unten auf dem Rasen. Wir umarmen uns, das Ding haben wir gut gedreht. Es dauert ziemlich lange, bis wir das Stadion verlassen. Solch ein Glückstag darf man nicht so schnell vorbei gehen lassen, den muss man festhalten.

Heim kommen – Zu Hause sein

Kriegswirren hatten es mit sich gebracht, dass ich vier Jahre in der Fremde war. Im letzten Teil meiner Abwesenheit hatte ich keinen Kontakt mehr zu meinem Elternhaus. Zum Schluss hielt man mich in einem Entlassungslager fest. Es war kurz vor Weihnachten und kalt. Die Baracken waren schlecht oder gar nicht beheizt, die Sanitäreinrichtungen eingefroren. An den Wasserventilen hingen Eiszapfen. Mit einem Kumpel gelang es mir, nachts die Stacheldrahtverhaue zu überwinden. Am Weihnachtstag kam ich in meiner Heimatstadt an. Die Straßenbahn fuhr durch gespenstisch anmutende Ruinen und endlose Brachen von Trümmerfeldern. Unser kleines Fachwerkhaus lag am Stadtrand. Hatte es den Krieg überstanden, lebten meine Eltern noch? Als ich zaghaft den Innenhof betrat, schauten mich meine Eltern durch das Küchenfenster an. Wir lagen uns in den Armen und haben Freudentränen geweint.

Nun liege ich in einer Wanne im warmen Wasser. Das Feuer knistert, der Badeofen summt. Der geschundene Körper nimmt begierig die wohltuende Wärme auf. Leidvolle Torturen gehören der Vergangenheit an. Natürlich wird sich das dumpfe Gefühl, von einem verbrecherischen System missbraucht worden zu sein, nicht auslöschen lassen. Doch es löst sich wie die Seife im warmen Wasser auf. Das körperliche Wohlbefinden schmeichelt Geist und Seele. Jeder von uns drei hat gelitten, doch wir leben! Eine neue Zeit ist angebrochen, als freie Menschen bestimmen wir die Geschicke unseres Lebens.

Der Duft von Gebratenem kommt in meine Nase. Auf dem Stuhl neben mir liegt saubere Wäsche. Mich überkommt ein Gefühl unsagbaren Glücks. Es wird mir bewusst, dass ich einen derartigen Zustand vollkommener Zufriedenheit, Lebensfreude und Zuversicht kaum wieder erleben werde. Ein

Grund mehr, diese Wiedersehensstunde des Glücks zu feiern und für alle
Ewigkeit zu bewahren!

Myriaden glühender Funken

Abwegig erscheint es, im Winter auf eine Nordseeinsel zu fahren, um Urlaub
zu machen. Man muss sich gut einpacken, sonst treibt der eisige Nordwind
die Wärme aus dem Körper. Grund für die Reise ist das traditionelle Biike-
Brennen, das am 21. Februar stattfindet. Dazu wird an einem bestimmten
Platz Holz aufgeschichtet. Jeder ist aufgefordert, nicht verwendbares Holz zu
sammeln: Paletten, Bretter, Bohlen, Weihnachtsbäume, Strandgut und vieles
andere mehr. Die Männer der freiwilligen Feuerwehr schichten alles übereinan-
der. Bei ungünstigen Windverhältnissen wird der Holzstapel nicht entzündet.
Doch in diesem Jahr ist ablandiger Wind, das Spektakel kann beginnen. An
vier verschiedenen Stellen werden Zündbrände gelegt. Unterschiedlich schnell
fressen sich die Flammen nach innen und lodern dann nach oben. Mit den
Chormitgliedern singen wir gemeinsam, dass der Winter auf die Dauer kernfest
ist, dann aber „Winter Ade!". Ganz oben auf dem Stapel hat die Stoffpuppe
Feuer gefangen, die den Winter symbolisiert. Beim Schunkeln erklingt das
Heimatlied:

> „Unser Sylter Land, du bist uns heilig,
> du bist unser eigen, du bist unser Glück!"

Das Feuer hat den gesamten riesigen Holzstapel ergriffen. Es flackert, knistert und knackt, die Flammen lodern zum schwarzen Himmel empor.
Myriaden glimmender Leuchtfunken fliegen steil nach oben. Dann werden sie von einer leichten Brise erfasst und driften ab in Richtung Meer. In
kurzer Zeit bleibt von dem aufgetürmten Holzgeflecht nur ein Häufchen Asche
zurück. Die Materie scheint sich in Nichts aufgelöst zu haben. Unter der weiß-
grauen Asche schlummert dunkelrote Glut. Doch bald ist auch ihre Energie
verbraucht. Es drängen sich Gedanken der Vergänglichkeit alles Irdischen auf.

Das Biike-Brennen – ein symbolhafter Ablauf irdischen Lebens? Doch die Freude, dass wir dem Winter den Garaus gemacht haben, überwiegt. Wir wissen – bald zieht der Frühling ins Land. Die Wärme des Feuers fühlen wir in unserem Herzen. Ich verspüre Mut und Kraft, belastende Probleme anzupacken. Wir lachen uns gegenseitig an und machen uns auf den Heimweg.

Schweben wie ein Vogel

Das Taxi hat mich zum Col de Bavella gebracht. Dort gibt es breite Täler zur Westküste. Nun stehe ich auf einem Felsvorsprung und baue mir meinen Gleitschirm zusammen. Zwei Wanderer gehen mir hilfreich zur Hand. Die letzten zehn Tage haben mich körperlich gefordert. Auf dem GR 20 stellte Korsikas Gebirgskette eine echte Herausforderung dar. Vom Norden kommend musste man schon am ersten Tag 1300 Meter aufsteigen. Imposant waren die schroffen Bergformationen mit ihren tiefen Schluchten. Mehrere Kletterpartien waren mit körperlichen Strapazen verbunden. Nun kommt heute der angenehme Teil, die leichte, fröhliche Sicht aus der Vogelperspektive. Der erste Gleitschwupp geht nach unten, um die erforderliche Fluggeschwindigkeit zu bekommen. Danach beginnt die Suche nach aufsteigenden Luftströmungen, um Höhe zu gewinnen. Meine Vermutungen haben mich nicht getäuscht: Der vom Westen wehende Mistral drückt die Luftmassen gegen die Gebirgswände nach oben. Spiralförmig drehe ich mich wie in einem Fahrstuhl aufwärts. Der thermische Luftstrom drückt mich bis über den Gebirgskamm empor, so dass Ost- und Westküste der Insel auszumachen sind. Die Insel offenbart ihre ganze Schönheit: Schneebedeckte Berggipfel, dunkle Nadel – und hellgrüne Laubwälder, Seen und Flussläufe nur zum Teil wasserführend, windungsreiche Straßen, Bergschluchten, zerklüftet wie das menschliche Leben, blühende Macchiafelder, deren betörender Duft bis nach oben steigt, die wohlangelegten Trassen mit Weinreben und Olivenplantagen, die den Fleiß früherer Menschengenerationen zeigen.

Es ist ein plötzlicher Adrenalinkick, der mir für Sekunden ein emotionales Hochgefühl gibt. Mein entspannter Körper und mein vor Freude gefülltes Herz signalisieren meinem wachen Kopf ein himmelhohes Jauchzen: Hosianna!

Am Hang schwebt ein großer dunkler Greifvogel. Seine langen Flügel sind relativ schmal, der Schwanz breit. Es könnte ein Steinadler sein. Niemals könnte ich es mit seiner Flugkunst aufnehmen. Dennoch: Seidenstoff und Schnüre lassen meinen plumpen, schweren Körper in der Luft schweben. Ich verschwinde aus seinem Revier, überfliege das Feld den Menhire und gleite beschaulich zu meinem Landeplatz am Meer. Dabei kommen mir die Worte Eichendorffs über die Lippen:

„Und meine Seele spannte weit ihre Flügel aus,
    flog durch die stillen Lande, als flöge sie nach Haus."

Steinkreuz Wilde Sau

Trotz Meditation und anderer Spielchen, war ich bis gestern total zerschlagen. Es war der 3. Tag nach unserem Fastenbeginn.

Nach Darmreinigung und Entspannungstag sind wir auf den Beinen.

Wir haben in unseren Rucksäcken Obst – und Gemüsesäfte, in der Thermos-flasche mit Honig gesüßten Fruchttee. Frauen scheinen leidensfähiger zu sein. Meine jedenfalls meckert nie, ist zu Scherzen aufgelegt, macht mir Mut. Erstmals kann ich über meine „Leiden" lachen. Nenne sie eine „Trottellumme", als sie jedoch betroffen dreinschaut, verniedliche ich zu „Lummchen".

Heute, am 4. Tag unseres Heilfastens, fühle ich mich innerlich leicht.

Der Hunger plagt mich nicht. Bei unserem Anstieg durch den Wald zum Bergkamm lachen wir über unser Abenteuer, das wir uns aufgeladen haben. Eine Gruppe von Schweden soll ohne Nahrungsaufnahme von Göteborg nach Stockholm gelaufen sein: Da ist der Rennsteig mit 360 Kilometern eine lächerliche Distanz!

Am Steinkreuz Wilde Sau machen wir Rast, denken über Sühnekreuze nach, blicken zur Wartburg hinüber, sprechen über Martin Luther. Als wir völlig locker und gelöst zur „Sängerwiese" hinuntertrudeln, nehmen wir uns beide an die Hand. Unsere Sinne sind geschärft, das Umfeld wird aufmerksam wahrgenommen. Die Perspektive unseres Lebens liegt klar und freundlich vor uns. Die selbst auferlegten Exerzitien sind für die positive Gestaltung unseres Lebens wertvoll. Wir spüren beide, dass uns ein Glücksgefühl durchströmt.

Wir sind sicher, dass wir die vor uns liegende Fastenwoche mit etwa 200 Kilometern schaffen werden. Wir werden neue Lebenserfahrungen gewinnen. Das alles ist sehr schön und aufregend!

Noch eine Chance bekommen

Vor mir auf dem Tisch liegen meine Entlassungspapiere.

Die Sekretärin hat mir Papier und Bleistift gegeben. Ich überlege lange, wie ich die Scheiße, die ich gemacht habe, am besten erklären soll. Endlich schreibe ich:

„Jeder von uns Lehrlingen wünscht sich eine eigene Bude. Ich habe eine, doch ich hab mir alles anders vorgestellt. Zu meinem Vater habe ich keinen Kontakt. Meine Mutter hat einen neuen Lover. Sie hat alles daran gesetzt, dass ich bei ihr auszog. Hat mir eine kleine Bude mit 40 Quadratmetern im Altbau besorgt. Die Miete ist niedrig. Mit Ausbildungsvergütung und Erziehungsbeihilfe sollte ich es schaffen. Alleinsein halte ich nicht aus. Kumpels einladen ist teuer und bringt nichts. Meine Freundin will was erleben. Also saß ich allein auf dem Sofa, hatte keinen Cent in der Tasche. Da fällt mir das Werkstattlager in unserer Schule ein, die schönen neuen Kleinmaschinen. Mit einem schweren Stein habe ich die Scheibe zum Lagerraum eingeworfen und bin dann durchs Fenster hinein geklettert.

Ich hatte den Werkzeugschrank noch nicht geknackt, da war die Polizei da. Die haben mich gleich ins Krankenhaus gebracht, weil ich mir den Arm aufgeschnitten hatte."

Der Alte kommt rein, überfliegt meinen Bericht und sagt:

„Über deinen Bruch hast du geschrieben.

Doch nun schreib wie es weitergehen soll, berichte von deinen Zukunftsplänen!"

Ich sitze hier, allein gelassen und schaue aus dem Fenster. Meine Chancen, eine neue Lehrstelle oder einen Job zu bekommen, sind gleich Null. Plötzlich erscheint mein Klassensprecher. Er sagt, der Alte gibt auf. Ob wir Schüler eine Möglichkeit sehen, dich aus dem Dreck zu ziehen? Sie haben über meine Situation diskutiert und einen Text entworfen, den sie alle unterschrieben haben. Ich soll ihn mal durchlesen, vielleicht unterschreibe ich ihn auch. Er steht auf und lässt mich allein.

Natürlich habe ich mir alles gleich durchgelesen. Meine Kameraden entschuldigen sich für mich. Sie zahlen die kaputte Scheibe und verpflichten sich, mich bis zur Abschlussprüfung zu betreuen.

Das ist ein Hammer! So können sich doch nur Freunde verhalten. Ich bin ja gar nicht allein in dieser Scheißwelt! Es ist mir peinlich, dass die Sekretärin sieht, wie ich flenne.

Der Alte kommt und liest unsere Erklärung. Er heftet sie zu meiner Personalakte und zerreißt die Entlassungspapiere. Dann gibt er mir die Hand und sagt: „Tolle Kumpels hast du, enttäusche sie nicht!"

Blätter im Wind

Früher war es auf dem Lande üblich, Kinder, die nur Unsinn im Sinn hatten und überhaupt nicht „gehorchen" wollten, in eine tiefe Grube zu sperren. Da waren sie unten allein gelassen und saßen ihre Strafe ab. Einige so Bestrafte litten später unter Depressionen. Unter diesem Aspekt mutet das Erleben meines Glücksmoments etwas seltsam an.

Als etwa Achtjähriger spielte ich im Garten meiner Großeltern. Am Haus gab es die üblichen Kellerschächte. In einen ließ ich mich hinab und setzte mich in eine Ecke auf den Boden. Über mir sah ich ein Stück Himmel und Blätter, die sich im Wind bewegten. Plötzlich und unerwartet hatte ich ein euphorisches Glücksgefühl. Bis heute ist es mir unerklärlich. Es war weder personengebunden, noch inspirierte mich der dunkle Kellerschacht. Vorher hatte ich im Sonnenschein unter Bäumen gespielt, nun drangen einzelne Strahlen in mein Verließ, vom blauen Firmament sah ich nur einen winzigen Ausschnitt, vom Laubdach der Bäume nur wenige Blätter.

Als ich mich am Schacht empor wand, war alles vorbei. Spätere Besuche im Schacht waren belanglos. Meinem Großvater habe ich damals meine Geschichte erzählt. Er überlegte lange bis er sagte: „Ich habe leider so etwas nicht erlebt, du bist ein Auserwählter".

Einige Jahrzehnte später hatte ich noch mal das Glück, dass ohne mein Zutun, Endorphine in meine Blutbahn gelangten: Bei einer Busfahrt in Indien blickte ich entspannt nach draußen und hatte das zweite Mal in meinem Leben ein Glücksgefühl.

Verschnaufpause in unruhiger Zeit

In unserem Zusammenleben läuft es nicht wie geölt, es knirscht. Auf der gesamten Bahnfahrt haben wir kaum ein Wort miteinander gewechselt. Meine Frau hat eine Entscheidung getroffen, die ich partout nicht billigen kann. Wieder einmal geht es um unseren Sohn. Anstatt ordentlich zu studieren, treibt er sich in der Fremde herum. Zu oft und zu lange haben wir ihn unterstützt.. Nachdem er einige Wochen nichts von sich hören ließ, nun sein Hilferuf. Mich bringt er damit nicht mehr aus der Reserve. Seine Schwester macht es ihm vor: Hat eine Assistenzstelle an der UNI bekommen, wo sie die Chance hat, ihren Doktor zu machen. Bei einem Hungerlohn muss sie jeden Euro umdrehen. Sie würde nicht auf den Gedanken kommen, uns um Geld anzugehen. Ich bin im Vorruhestand und meine Frau hat einen 400 Euro-Job. Wir haben uns schon eine kleinere Wohnung genommen. Entgegen unserer Absprache hat meine Frau ihren Kopf durchgesetzt. Hat ihr Sparbuch aufgelöst. Davon wollten wir eine Reise machen, Abstand gewinnen vom grauen Alltag, unser lang angestautes Fernweh befriedigen.

Wir haben genug Zeit, die Räder aus dem Zug zu nehmen, denn es ist Endstation. Zurück nach Hause sind es 100 Kilometer. Nach etwa 40 Kilometern lenkt meine Frau ihr Rad auf einen kleinen Seitenweg. Vor einem dicken Baumstamm, der am Wege liegt, macht sie Halt mit den Worten „Eine schöne Stelle für eine Brotzeit!". Wie immer hat sie alles gut vorbereitet. Sie reicht mir eine Stullenbüchse mit Broten, Radi, einem Ei und dann ein Bier.

Wir sind mitten in einem blühenden Rapsfeld. Es ist leicht gewellt. Das Blütengelb stößt auf den blauen Horizont. An ihm haben Flugzeuge weiße Kondensstreifen gemalt. Sie zeigen in Richtung Süden, wo wir unseren Urlaub verbringen wollten. Seitlich am Radweg hat ein Imker seine Bienenkästen aufgestellt. Die Immen sind fleißig und summen von Blüte zu Blüte. Die kurze Offenbarung des Frühlings schafft es, die grauen Tage des Winters zu vertreiben. Plötzlich schäme ich mich über meine miese Laune, mit der ich diesen herrlichen Tag begonnen habe. Sie scheint sich durch den betörenden Blütenduft verflüchtigt zu haben. Mein Lächeln wird von meiner Frau erwidert.

Es ist ein stilles Zeichen, wir brauchen die Zuneigung zueinander, durch sie wird unser Leben lebenswert. Meine Frau kippt zur Seite um und legt ihren Kopf auf meinen Schoß. Als ich ihre Haare streichele, fängt sie an zu schnurren. Ich schiebe den Gedanken weit von mir, dass Blüten verblühen, es gelingt mir, das Jetzt zu verinnerlichen, meine Seele schwebt über dem blühenden Feld.

Da haben die Dornen Rosen getragen

Im Jahre 1492 ist unser Bauernhof erstmalig urkundlich erwähnt, der Grund und Boden waren der Lebensquell für Generationen von Menschen über 5 Jahrhunderte hinweg. In meiner Generation saßen am Abendtisch Großvater und Großmutter, Vater und Mutter, 8 Kinder und drei Knechte.

Die Mahlzeiten waren einfach und sättigend, niemand musste hungern. Als Jüngster trug ich die Sachen meiner älteren Brüder auf, mit 10 Jahren bekam ich meine ersten Lederschuhe.

Nach heutigem Maßstab befand sich meine Familie vor 80 Jahren unter der Armutsgrenze. Die Stärke unserer Familie begründete sich in unserem Zusammenhalt, unser Glücksstreben wurzelte in sozial – menschlicher Harmonie. Mein Vater führte den Hof mit strengem Reglement nach dem Motto seiner Vorfahren: Sich regen bringt Segen.

Er selbst arbeitete täglich 14 Stunden. Zum katholisch – religiösem Weltbild gehörte das Tischgebet und der sonntägliche Kirchgang. Einige Tage vor Kriegsende brannte unser Hof bis auf die Grundmauern nieder. In der Nähe unseres Gehöftes hatten irregeleitete Hitler-Jungen einen britischen Panzer beschossen. Unsere Familie überstand den Krieg und bittere Nachkriegs-jahre. Ein herausragendes Ereignis, das unsere Herzen höher schlagen ließ, war das Weihnachtsfest. Die Geschenke brachten keine Überraschungen. Die vier Schwestern bekamen Blusen, Röcke oder Kleider, wir meist etwas Gestricktes wie Socken, Schals, Handschuhe oder Pullover. Es war die festliche Stimmung, die Mutter mit ihren Töchtern zelebrierte. Sie hatten sich alle herausgeputzt und verlangten das auch von uns. Also zogen wir „Männer" unseren feinsten Zwirn an. Vater in schwarzem Einreiher und weißem Chemisette stellte eine respektable Persönlichkeit dar. Wenn am 24. Dezember das Tageslicht erlosch, erstrahlten im Hause unzählige Lichter. Wir versammelten uns in der „Guten Stube", von der Küche schwebte ein herrlicher Bratenduft herein. Die große Tür zur Eingangshalle war geöffnet. Dort stand der Weihnachtsbaum, den ich in diesem Jahr schmücken durfte. Einige der älteren Geschwister waren schon in der Ausbildung, sie wohnten nicht mehr bei uns.

Heute zum Weihnachtsfest haben alle den Weg zu unserem Gehöft gefunden. Selbst meine Lieblingsschwester Anni war aus England gekommen, wo sie eine Stelle als Aupair-Mädchen hatte. Sie stand mit Mutter am Klavier und sortierte Notenblätter. Als ich sie im Profil sah, fiel mir die Kinnlade herunter: Sie hatte einen dicken Bauch, sie war schwanger. Im gleichen Augenblick muss Vater das „Malheur" gesehen haben. In Sekundenschnelle verfinsterte sich seine Miene. Er schien bis dahin nichts davon gewusst oder geschweige denn geahnt zu haben. Auch von seiner Frau fühlte er sich hintergangen, denn die sprach ja mit ihrer Tochter ganz ungezwungen. Da mir Fürchterliches schwante, ging ich zu Mutter und sagte „Ein Ungewitter zieht auf!". Sie erfasste die Situation sofort. „Du bleibst hier!", sagte sie zu Anni, schritt zu Vater, fasste ihn unter den Arm, zog ihn in die Diele und machte die Tür zu.

Wir waren alle zu Salzsäulen erstarrt, keiner sagte ein Wort. Nur Anni schluchzte „Wäre ich nur nicht gekommen". Mir ging ein Gedanke durch den Kopf, ich setzte mich an das Klavier. Als die Tür aufging und Mutter Vater in die Stube gezogen hatte, fing ich an zu spielen und laut zu singen: „Maria durch den Dornwald ging". Meine Geschwister sangen voller Inbrunst mit. Meine Mutter konnte ihr Lieblingslied erst singen, als sie sich innerlich gefasst hatte. Ich habe sie das erste Mal in meinem Leben weinen sehen. Vater machte bei der letzten Strophe den Mund auf. Man hörte seinen Bass:

„... da haben die Rosen Dornen getragen, Jesus Maria".

Danach nahm er seine Tochter in den Arm. Ein wohlklingendes Summen erfüllte die Räume unseren kleinen Hofes wie zu jedem Weihnachtsfest,

Kyrie Eleison!

Der Wald steht still und schweiget

Unser Schullandheim liegt an einem Berghang. Unten, in etwa 5 Kilometern Entfernung, kann man abends die Lichter der Kleinstadt sehen. Nach unserer Ankunft hat es tagelang geschneit. Autos, die versuchen über den Höhenrücken zu kommen, bleiben stecken. Jeden morgen zieht eine Gruppe von uns auf Langlaufskiern in den Ort, um in Rucksäcken Verpflegung zu holen.

Mit dem örtlichen Skiverband war ein Tagesausflug geplant. Wegen der Witterungsverhältnisse hatten wir Zweifel, ob er stattfinden würde. Tatsächlich erschien am vereinbarten Tag ein Skilehrer in der Früh. Der Proviant wurde in Rucksäcken verstaut und dann ging es los. Wir sind 24, darunter einige Mädchen, alle gut ausgerüstet. Der Skilehrer legt die Loipe. Vom Feld geht's in den Wald und dann hinauf auf den Bergrücken. Allmählich kommen wir ins Schwitzen, die anfängliche Ausgelassenheit nimmt ab. Ab und an bleibt der Skilehrer stehen, dreht sich um und lächelt. Die Umgebung wirkt auf uns ein. Man hört nur das Knirschen des Schnees und das eigene Herzklopfen. Einige teilen ihre Bewunderung mit: Schau dir die Tanne an, wie der Schnee sie niederdrückt. Oder: Das war einmal ein Hohlweg, der völlig zugeschneit ist. Dann schleichen wir uns zu einem bestimmten Ort, wo wir Rotwild an einer Futterstelle beobachten können. Abseits des Steiges gleiten wir in eine kleine Senke. Von einer Schutzhütte ist nur noch das Dach zu sehen. Als wir genügend Schnee weggeschaufelt haben, tragen wir trockenes Holz zusammen. Es gelingt uns, ein Feuer zu entfachen. Auf unseren Gesichtern und den bloßen Händen verspüren wir die Wärme des Feuers.

Wir mampfen unsere Brote und trinken heißen Tee. Unser Skilehrer entpuppt sich als Förster. Er weiß interessante Dinge zu erzählen über seinen Wald.

Ich gehe seitlich an den Rand der Lichtung und mache ein Foto: Die Kameraden am Feuer. Die dick zugeschneite Hütte. Die helle Lichtung eingerahmt von den schneebedeckten Fichten und Tannen: Ein paradiesisches Bild vollkommener Harmonie, das sich in meinem Herzen niederschlägt. Wir Großstadtmenschen kommen zu einem primären Naturerlebnis. Viele von uns werden für ihr ganzes Leben beeindruckt.

Junge Menschen müssen an derartige Erlebnisse herangeführt werden, sonst sind sie ahnungslos für die schönsten Dinge dieser Welt. Müde und erschöpft kommen wir abends in unserem Heim an. Niemand jammert rum, jeder versucht, den Tag zu verinnerlichen.

Sich selbst aus dem Sumpf ziehen

Nicht jeder ist geeignet, jeden Job auszuüben. Als Kassiererin und Lagerhalterin in einer Marktkette war ich überfordert, wurde immer nervöser. Meine beiden Kinder nörgelten herum, mein Mann sagte: „Hör auf, das ist nichts für dich!".

Das Aufhören war leicht, doch etwas Neues finden recht schwer. Mit dem Geld meines Mannes komme ich gerade so aus. Als monatliches Wirtschaftgeld stehen mir ungefähr 400 Euro zur Verfügung. Urlaub oder irgendwelche

Extravaganzen sind nicht drin in der Tüte. Von der Arbeitsagentur habe ich einen Bildungsgutschein ergattert. Nach einem Test war ich geeignet, an einem Basiskurs für Hauskrankenpflege teilzunehmen.

Er ging über 200 Stunden. Für meine beiden Kinder bekam ich 480 Euro Kinderbetreuung. In einer Gruppe von 16 Frauen und vier Männern saß ich eines morgens in einem Fachraum eines alten Werkgebäudes.

Das war vor zwei Monaten. Heute sitze ich in einem großen Kreis liebgewonnener Menschen. Wir machen eine Abschiedsparty, jeder hat eine Kleinigkeit mitgebracht. Alle haben die theoretische und praktische Prüfung bestanden. Unsere Dozentin Cornelia ist stolz auf uns. Sie hat es verstanden, uns zu motivieren, uns Kraft und Mut gegeben, etwas Neues anzupacken.

Sie hat uns überzeugt, dass Pessimismus keine praktische Haltung ist, ihre Unterweisungen standen unter dem Motto: Es darf gelacht werden.

Bei den praktischen Übungen innerhalb des Kurses und beim Praktikum im Seniorenheim habe ich festgestellt, dass ich Freude bei der pflegerischen Arbeit habe. Ich habe keine Probleme, alte Menschen zu betten oder ihnen den Hintern abzuwischen. Verbindet man all die Tätigkeiten mit einem Lächeln und guten Worten, dann spürt man die Dankbarkeit und empfindet Genugtuung, etwas Gutes zu tun. Als ich der Heimleitung das Ergebnis meiner Prüfung mitteilte, haben sie mir sofort einen Arbeitsvertrag angeboten. Ich kann mein Glück kaum fassen: Eine Beschäftigung, die mich ausfüllt und ein festes Gehalt! Unsere Familie hat wieder eine Zukunftschance.

Spontan stehe ich auf und halte eine Dankesrede über die gemeinsame schöne Zeit, die so schnell vergangen ist. Doch ich habe am Wasser gebaut und bin innerlich aufgewühlt.

Meine Worte gehen in Schluchzen über. Cornelia kommt, bedankt sich für den Blumenstrauß, den ich in der Hand halte, sie umarmt mich, mein Schluchzen geht in ein Lachen über und es überträgt sich spontan auf alle zukünftigen Altenpflegerinnen und Altenpfleger – ein glücklicher wohlklingender Abschluss-Akkord.

Idylle mit Freunden

In dem Film „Wirtshaus im Spessart" reiten die beiden Ganoven Neuss und Müller Pistolen schwenkend und grölend auf Weinfässern:

„Ach das könnte schön sein,
Ein Häuschen mit Garten,
In dem wir abends unsere Rosen begießen."

Das langweilige, selbstgefällige, bürgerliche Glück wird auf die Schippe genommen. Im Alter bekenne ich mich dazu, ohne wenn und aber. In meiner Wohnung hängt ein Bild von Auguste Renoir: „Frühstück der Ruderer". Um einen reichlich gedeckten Tisch mit herrlichen Gaumenfreuden und erlesenen Weinen plaudern fröhliche Menschen – eine Atmosphäre voller Lebenslust. Wenn ich rückblickend auf die schönsten Tage meines Lebens schaue – immer waren es die Stunden mit Freunden, die mich noch heute beglücken. Auf Grund meines guten Langzeitgedächtnisses erlaube ich mir, einen Glückstag nachzuzeichnen:

Der warme Sommerwind weht, das Leben ist leicht, man verabredet sich kurzfristig zu einer Radtour. Allerhand Volks kommt zusammen, von Windelkackern bis zu Graugänsen. Am Treffpunkt Badesee werden Decken auf dem Rasen ausgebreitet, Esssachen im Schatten der Bäume deponiert. Alle haben nur im Sinn, den Sommertag zu genießen und sich für die Gemeinschaft der Sonnenanbeter und Wasserfreunde nützlich einzubringen: Ein knallrotes Gummiboot für die Schwimmer, Kleckerpampe für die Kleinen, ein Volleyball für die Sportfreaks. Als die Schatten länger werden wird trockenes Holz zusammengetragen, ein Feuerchen entfacht, Kartoffeln und Fleisch geröstet, mitgebrachte Salate und Kuchen verkostet. Lieder werden angestimmt, weil die Kinder es so wollen. Es wird geschäkert, gescherzt, gelacht und vielleicht auch ein bisschen geweint, weil es so schön ist, getröstet zu werden.

Bevor die Sonne im dunklen Wald versinkt, wird zum Aufbruch geblasen. Die Kleinen werden mit einer Windel festgebunden, damit sie nicht beim Schlafen aus dem Schalensitz hinausfallen.

Nicht einen Augenblick möchte ich von diesen Stunden mit lieben Menschen missen. Damals haben sie mir Kraft zum Bestehen des Arbeitsalltages gegeben, heute denke ich voller Dankbarkeit an sie zurück, ihre Erinnerung macht mir das Herz warm. Dieses länger währende Glück stufe ich höher ein als sekundenlange Glücksmomente. Für Sternstunden muss man eine offene Seele haben, muss innerlich bereit sein, die Schönheiten der Welt aufzunehmen.

Quälen für eine kleine Phase des Glücks

Es wird immer Menschen geben, die das Abenteuer suchen. Sie wissen, worauf sie sich einlassen. Sie werden leiden. Die Leidensfähigkeit ist ein Mythos. Sie mühen sich bis zur Schmerzgrenze. In brütender Hitze klettern sie mit ihren Rädern Passstraßen im Gebirge hoch. Ab und an quält sie ein Hungergefühl, dass sie das Gras von der Wiese fressen möchten.

Nicht nur die Beine – der ganze ausgedörrte Körper signalisiert, dass er weitere Belastungen nicht mehr ertragen will. Es klingt banal: Es geht darum, den inneren Schweinehund zu besiegen. Durch die Zielvorgabe des Geistes muss das müde Fleisch besiegt werden. Da dem Verlangen nach Ruhe nicht nachgegeben wird, wächst das Gefühl der Hoffnungslosigkeit.

Noch schlimmer ist es, wenn dieses körperliche und seelische Inferno von Schmerz überlagert wird. Bei einem Sturz wird das Fleisch bis auf die Knochen runtergeledert. Wie oft kommt es zu Knochenbrüchen, der Speiche oder des Schlüsselbeins?

Doch nach diesem Martyrium besteht die Chance der Entschädigung.

Etwa die Hälfte der gestarteten Radfahrer erreicht das Ziel. Man rollt im Pulk auf die Champs-Élysées. Wer die qualvolle Tortur überstanden hat, ist ein Held. Selbst die Fahrer des gegnerischen Teams lächeln dich an, sie zählen nach der Schlacht zu deinen Freunden. Jeder hat Blessuren davon getragen. Man lacht sich an und nickt. Millionen von Zuschauern an den Straße und am Fernseher honorieren die Leistung.

Plötzlich ist man schmerzfrei und schwebt die letzten hundert Meter glücklich wie auf einer Woge dahin. Es ist ein wunderbares Gefühl, das süchtig macht.

Alles lebt in sanfter Ruh

Kurz vor Kriegsende verfrachtete man uns in das besetzte Nachbarland.
Skamlings Banken – die Nationalstätte der Dänen – liegt nicht weit von der Grenze. Über 500 Jungen im Alter von 13 bis 17 Jahren schliefen in dem großen Versammlungsraum auf Stroh. Unsere Koffer bildeten die seitliche Begrenzung für Laufgänge. In einem anderen kleineren Saal aßen wir in zwei Schichten. Wenn es nicht regnete hielten wir uns draußen auf. Unser Ausgang war begrenzt, denn wir waren in „Feindesland". Die dänische Hausherrin war sehr ungehalten und uns gegenüber abweisend. Sie verstand und sprach nur dänisch.

Ich hatte als einziger mein Musikinstrument in das provisorische Flüchtlingslager mitgebracht. Frau Sörensen bewahrte es in einer Kammer auf. Zum Üben ging ich in einen Geräteschuppen. Da ich keine Noten hatte, übte ich in Variationen Läufe. Auch einige Stücke waren mir gut im Gedächtnis, z. B. Mendelssohn 42. Psalm, Opus 42. Eines Tages wollte ich wie immer den Schlüssel für die Kammer holen. Doch Frau Sörensen bat mich in ihr Wohnzimmer. Auf dem Tisch standen ein Kännchen Tee, zwei Tassen und Kekse. An der Wand lehnte mein Cello. Sie goss Tee ein und machte durch eine Handbewegung deutlich, dass ich zugreifen sollte. Zum ersten Mal trafen sich unsere Blicke.

Ich packte mein Instrument aus, stimmte es und begann zu spielen. Der schwarze Tee hatte mich stimuliert. Je mehr ich spielte, desto größer wurde mein Engagement. Bei Mendelssohn Bartoldys: „Er hat seinen Engeln befohlen" summte ich zu meinem Spiel. Bei Anton Bruckners „Abendlied" hatte ich – nach meinem Stimmbruch – den Mut mit klarer Sopranstimme zu singen, gerade so, wie es meine Großmutter liebte. Frau Sörensen drehte sich ein wenig zur Seite, dann erhob sie sich und ging zum Fenster. Sie führte ihr Taschentuch zum Gesicht und blickte durch das Fenster.

Als ich meinen Vortrag beendet hatte wandte sie sich an mich und sagte leise auf deutsch: „Ich habe mir geschworen, nie wieder deutsch zu sprechen, doch mit ihrem Gesang haben sie mich umgestimmt."

Nachdem sie gegangen war, saß ich eine Zeit lang regungslos da. Ich verspürte große Dankbarkeit, ein einmaliges Glückserlebnis meiner musikalischen Darbietung. Ich hatte das Herz dieser vornehmen alten Dame gerührt. Gleichzeitig überfiel mich eine unendlich große Sehnsucht, meine Großmutter noch einmal sehen zu dürfen. Der Blick hinaus auf den Kleinen Belt verschleierte sich, als wenn Nebel aufgekommen wäre.

Nachtrag: Meine Großmutter habe ich nie wieder gesehen. Sie hat die Flucht aus Ostpreußen nicht überstanden. Mein glücklichstes musikalisches Erlebnis wird im Nachhinein auch zu meinem traurigsten.

Feuer bedeutet Leben

Die Einwohnerzahl unserer kleinen Stadt sank von 2 250 vor dem Krieg auf 114 nach dem Krieg.

Doch auch nach dem Zusammenbruch war unsere Gegend durch Hunger und Seuchen so geschwächt, dass über 10 000 Menschen gestorben sind. Einen Monat nach Kriegsende bekam ich von einem russischen Soldaten ein Feuerzeug geschenkt. Seit Wochen hatten wir vergeblich nach Streichhölzern gesucht. Nun konnte ich Feuer in der Küche unseres halbzerstörten Hauses machen. Das Ereignis sprach sich schnell herum.

Eine Gemüsesuppe wurde gekocht. Das ganze Dorf kam zusammen, um etwas Warmes zu sich zu nehmen.

Danach wurde Glut als kostbares Gut in den eigenen Ofen gebracht. Meine Mutter sagte:

„Ein glücklicher Tag, jetzt fangen wir wieder an zu leben."

Erfüllung eines Lebenstraumes

Ich hatte eine Narkose bekommen. Bei den Presswehen verspüre ich dennoch heftige Schmerzen. Die Hebamme versteht es, mir Mut zu machen. Sie spricht auf mich ein:

„Es geht voran, du schaffst es, ich sehe schon den Kopf, mach weiter so!" So hab ich Mut und Kraft, für die nächste Presswehe.

Dann plötzlich der erste Schrei meines Kindes.

Ich bin erleichtert, es scheint alles in Ordnung zu sein.

Nach einem kurzen Erschöpfungszustand geht alles ziemlich schnell. Allmählich komme ich zu mir. Die Hebamme legt mir ein kleines Päckchen auf den Bauch:

„Gratuliere, du hast einer gesunden Tochter das Leben geschenkt."

Ich streichele der Kleinen das feuchte Köpfchen. Sie hat dunkle Haare und ein bildschönes Gesichtchen.

Mein Mann schaut auf uns beide und hat Tränen in den Augen.

Mich durchströmt ein überwältigendes Glücksgefühl, das ich bisher noch nicht kannte: Die Erfüllung meines Lebenstraumes.

Es ist das innigste Gefühl meines Lebens, das mich von der ganzen Erdenschwere befreit, mich mit Kind und Mann durch Raum und Zeit schweben lässt!

Ewigkeitsmomente speichern

Die Idee wurde in einer Pinte des Studentendorfs geboren. Anfang der Semesterferien treffen wir uns an der Zentral Busstation von Buenos Aires. Die Plätze im Bus sind reserviert. Die Fahrtroute bis an die chilenische Grenze hat eine Länge von über 2000 Kilometer. Ein Träger mit zwei Eseln bringt uns in die Vorgebirge der Anden. An einem Bach schlagen wir unsere Zelte auf, es ist unser Basislager. Von hier aus wollen wir unsere Ausflüge in die Berge starten.

Wir kennen alle die Atlantikküste und die Straßenschluchten der Großstadt. Die Berglandschaft wirkt auf uns ein, sie verändert unser Verhalten. Unser ständiges Herumgealbere und vordergründiges Lachen nimmt rapide ab. Die einsame Monumentalität der sich auftürmenden Bergketten verschlägt uns den Atem. Hier gibt es keine Zivilisation, vorbereitete Wege oder Schutzhütten. Der ortskundige Träger hatte uns einen Weg skizziert, der auf eine Hütte stoßen soll.

Nach einigen Tagen fassen wir Mut und wagen den Aufstieg in höhere Regionen. Nach mehreren Stunden stellen wir fest, dass wir unser Ziel nicht erreichen werden. Auch das Umkehren zurück ins Basislager ist zu weit. Also suchen wir nach einer geeigneten Stelle um zu übernachten. Eine waagerechte Stelle scheint uns der geeignete Platz zu sein.

Mit dem gesammelten Holz entfachen wir ein Feuer. Hier oben wird es bitterkalt. In der Ferne leuchtet der schneebedeckte Gipfel des Aconcaguas. Bald erreichen ihn die Strahlen der untergehenden Sonne nicht mehr und er erlischt. Schlagartig wird es dunkel.

Bald stirbt auch das Geknister des Feuers, wir lauschen auf die Geräusche der Nacht. In unseren Schlafsäcken rollen wir uns ganz dicht aneinander. Ich liege außen und denke an die Bienen, die in einem kugelförmigen Haufen überwintern. Eine ständige Wanderung von der Peripherie in das Zentrum sorgt dafür, dass keine erfriert. Einen Verhaltenvorschlag für unsere Liegeordnung will ich nicht zur Sprache bringen. Irgendwann gegen morgen kitzelt mich etwas an der Nase. Ich ziehe den Schalsack vom Kopf und blinzele in den Himmel. Ich traue meinen Augen nicht. Noch nie hatte ich es erlebt: Schneeflocken fallen sanft vom Himmel, wir sind alle mit einer weißen, flauschigen Decke zugedeckt. Ich stütze meinen Kopf auf und bewundere die weiße Märchenwelt. Ich weiß – es ist ein Ewigkeitsmoment, ein Glückserlebnis, das ich in meinem Herzen bewahre.

Wenn ich heute im Arbeitsstress eine kurze Erholungspause brauche, dann fliege ich mit Google – World an die chilenische Grenze. Ich wandere mit meinen Kameraden durch die Anden, schaue auf die imposante Bergwelt. Glückserlebnisse sind nicht versiegende Lebensenergien, man muss sie sorgsam pflegen, damit man sie zur rechten Zeit abrufen kann.

Glücksgefühle wollen gut eingebettet sein

Die Arbeit stresst ganz ungemein. Nach Büroschluss geht's zum Einkaufen oder direkt nach Hause. Die beiden Kinder gehen auf eine Ganztagsschule. Wir trudeln nacheinander zu Hause ein, mein Mann kommt etwas später vom Dienst. Wir legen großen Wert darauf, gemeinsam zu Abend zu essen. Manchmal sind Freunde eingeladen.

Wenn ich nach Hause komme, ziehe ich Jogginganzug und Laufschuhe an. Nach kurzem Weg längs einer Straße erreiche ich die Feldflur. Dort schlage ich einen großen Bogen. Nach etwa fünf Kilometern hat sich mein Organismus auf den Laufrhythmus eingestellt. Kreislauf und Atmung harmonieren miteinander. Allmählich werfe ich die Belastungen ab, der Kopf wird frei. Wenn ich nach zehn Kilometern die Uferpromenade des Flusses erreicht habe, bin ich völlig locker, selbst meine Gesichtsmuskeln entspannen sich, ich lächle, schwimme auf einer Welle der freudvollen Ausgeglichenheit. An einer alten Weide mache ich Dehnübungen und atme tief durch. Das Schilf bewegt sich in leichten Windböen, die Wasseroberfläche kräuselt sich, in gleichförmiger Bewegung ziehen Ruderboote und Segelschiffe dahin. Ich fühle mich eins mit meiner Umgebung, mit der ganzen Welt, meine Seele ist frei von Belastungen. Ich bin glücklich. Zu Hause dann ein wohliges Duschbad und ein Glas Wasser.

Wie der Haubentaucher erscheint unvermutet das Glück. Unversehens verschwindet es wieder unter der Wasseroberfläche oder flattert in der Luft davon. So ist es leider mit den Glückserlebnissen. Dennoch: Man bekommt nichts geschenkt im Leben. Auch das Sinnenleben stellt seine Bedingungen. Es bedarf einer sinnvollen Vor- und Nachbereitung. Ich halte überhaupt nichts davon, in einer Bar zu hocken, an einem Drink zu nuckeln und auf das Glück zu warten. Das Glück will hofiert werden, es will in guten Gefühlen eingebettet sein und sich wohl fühlen.

Weinen vor Glück

Kurz vor meinem 13. Lebensjahr verdunkelte sich der Himmel. Meine Wirbelsäule begann sich zu verkrümmen. Ich erkrankte an einer idiopathischen Skoliose. Die Ärzte konnten sich diese plötzlich und unverhofft einsetzende Fehlentwicklung nicht erklären. Die Wirbelsäule verbog sich seitlich, gleichzeitig verdrehten sich die Wirbelkörper. Fortan trug ich ein Gipskorsett, das dem Wachstum angepasst wurde. Aus dem Kreis meiner gleichaltrigen Freundinnen fühlte ich mich ausgestoßen. Trotz fürsorglicher Betreuung meiner Eltern stürzte ich in eine dunkle depressive Grundstimmung.

Am Ende meines Wachstums, mit achtzehn Jahren, operierte man mich. Die Wirbelsäule wurde von hinten freigelegt. Der starke Blutverlust wurde durch eine Eigenblutspende aufgefangen. Titanteile richteten die Wirbelsäule auf und stabilisierten sie. Der Eingriff war erfolgreich. Ich bin acht Zentimeter größer und bisher schmerzfrei. Nun geht es darum, das neue Knochen-Metall-System durch Muskelgewebe zu festigen. Ein spezielles Übungsprogramm trainiert die Rücken- und Bauchmuskulatur. Meine Bewegungsabläufe werden immer flüssiger.

Meiner Physiotherapeutin habe ich erzählt, dass ich mit meinem Freund die erste Tanzstunde absolviert habe.

Ich habe nicht verschwiegen, dass ich in den Armen meines Freundes vor Glück schluchzend geweint habe.

Glückssuche an einem Meditationswochenende

Das Ende meines beruflichen Lebens hatte ich mir anders vorgestellt. Der Abschied kam unerwartet, er war kalt. Ich suchte Halt und entschloss mich, an einem Meditations-Wochenende teilzunehmen. Wir lebten drei Tage lang miteinander, durften aber kein Wort miteinander reden. Jeder von uns verinnerlichte die Weisheit des Mystikers Zhuangzi: Nichthandeln ist das wahre Glück. Bei dem abschließenden Zusammensein durfte jeder ein kurzes Statement abgeben.

Ich hatte versucht, meinem Leben einen Sinn zu geben und drei Glücksmomente in eine lockere Verbindung zu bringen.

Erstes Ereignis: Auf einer Nordseeinsel herrschten raue klimatische Verhältnisse. Im Sommer erwärmte die Sonne die Pflastersteine der Straßen. Wir Kinder lachten uns glücklich an, wenn wir barfuß über die erwärmten Steine liefen. Es war ein unbeschreibliches Hochgefühl.

Zweites Ereignis: Nach Angst und Schmerz lag ich im Ruheraum der Entbindungsstation. Der kleine lädierte Zwerg, den ich geboren hatte, lag auf meinem Bauch. Er blinzelte mich an und weckte in mir ein ungeahntes Gefühl der Dankbarkeit und Freude.

Drittes Ereignis: Ich griff die einmalige Gelegenheit beim Schopfe und besuchte allein eine Oper. Bizets Carmen stand auf dem Programm. Die Ouvertüre hat mich in einer Glücksthermik empor getragen und aus den Niederungen meines persönlichen Daseins gerissen. Musik: ein Geschenk Gottes!

Verbindende Brücken bauen

Seit vier Jahrzehnten lebe ich in Potsdam. Wie eh und je mache ich einen Spaziergang an der Havel. Damals verlief in Flussmitte die Staatsgrenze, an der anderen Seite befand sich die selbständige politische Einheit West-Berlin. Die 1949 wieder errichtete „Glienicker Brücke" überspannt die Havel. Auf ihrer Fahrbahn waren Grenzanlagen errichtet. Am Tage passierten Diplomaten, bei Nacht und Nebel wurden während des Kalten Krieges Agenten ausgetauscht. Für mich stand fest, dass ich über diese Brücke niemals gehen werde.

Im Jahre 1989 fand der kalte Spuk ein Ende, die Grenzbarrieren fielen. Bei dem „Wahnsinns-Ereignis" war ich natürlich dabei. Nach Umarmungen und Freudentränen ging ich hinunter an das Havelufer. Nebelschwaden hüllten das Spektakel der Freude ein. Ein glorreicher Sieg des Friedens, ich war der glücklichste Mensch auf Erden!

Will ich heute einen Tag für mein Leben einfangen, so gehe ich frühmorgens, wenn die Brücke noch frei vom Autoverkehr ist, an die langsam dahin gleitende Havel. Die Brücke wird ihrer eigentlichen Funktion gerecht. Sie verbindet Menschen miteinander, die 40 Jahre voneinander getrennt waren, und dabei sind, sich zu verstehen und anzunehmen. Ein lang ersehntes Ereignis, auf das niemand mehr gewagt hat zu hoffen, ist uns zuteil geworden. Glück und Hoffnung gehören zusammen wie ein Paar Schuhe, mit dem ich froh gestimmt durch meine Heimatstadt laufe.

Mystische Silberstreifen

Das Leben ist kurz. Mit Pessimismus kommt man nicht weit. Gejammere kann ich auf den Tod nicht leiden. Man muss sich mit dem, was man hat, richtig arrangieren. Dann läuft alles. Als Rentner können meine Frau und ich keine großen Sprünge machen. Ich habe einen Garten und ein kleines Häuschen. Als es nach der Wende alle Baumaterialien gab, habe ich es ausgebaut. So richtig gemütlich, denn meine Frau will unsere gute Stube am liebsten gar nicht mehr verlassen. Mit unserem kleinen Auto fahren wir wenig. Eigentlich nur zum Einkaufen. Viel unterwegs bin ich mit meinem Fahrrad. Meine täglichen Touren werden immer länger, sie liegen etwa bei 100 Kilometern.

Aber ich habe noch ein anderes Hobby. Unser Ort hat eine Thermalquelle. Da haben sie einen Wellnessbereich hochgezogen. Mit allem Komfort. Ich habe mir ein Jahres-Abonnement geleistet. In den Wintermonaten bin ich dort fast täglich. Beim letzten Besuch hatte ich ein besonderes Erlebnis. Draußen im Gelände gibt es eine freistehende Sauna. Mit der hat es seine besondere Bewandtnis. Die Zeremonie des Aufgusses erfolgt nach der Art der Hildegard von Bingen. Der Bademeister versteht spannend von ihr zu erzählen. Ihre mystischen Schriften sind weltberühmt. Sie sind die wichtigste Quelle des Mittelalters. Der von Bingen'sche Saunagang wird in der Mitte unterbrochen. Da reibt man sich mit besonderem Heilsalz ein, den Rücken natürlich gegenseitig. Nach der Tortur des letzten Aufgusses, bei dem alle stöhnen, geht's dann nach draußen. Das Badetuch ist um die Lenden gewickelt. Man schlüpft in die Badelatschen. Bei minus 15 Grad stehe ich am äußersten Rand des Freigeländes. Vor mir dehnt sich ein weites weißes Feld aus. In der Nähe des Waldrandes steht ein Sprung Rehe. Einige Tiere scharren den Schnee weg, um an die Wintersaat zu kommen. Hinter dem dunkeln Nadelwald beginnt der milchfarbene Horizont. Unterschiedlich lange Silberstreifen huschen von rechts nach links. Mir scheint, sie morsen mir Botschaften zu. Ich kann sie nicht enträtseln, doch sie hüllen meine Seele ein. Es kommen mir Gedanken von Hildegard von Bingen in den Sinn:

„Meine Seele steigt – wie Gott will – in der Schau empor bis in die Höhe des Firmaments. Das Licht, das ich schaue, ist nicht an den Raum gebunden. Es ist viel, viel leichter als eine Wolke, die die Sonne in sich trägt."

In eisiger Kälte spüre ich innige Wärme. Mir scheint, es ist die Kraft der Mystikerin des Mittelalters. Ganz allmählich wache ich aus meiner Versenkung auf. Ich drehe mich um. Alle anderen sind schon im Inneren des Wellnessbereiches. Nachdenklich schlurfe ich hinterher.

Deine Nähe suchen und frei sein

Wie hatte ich diese Zeit herbeigesehnt! Kurzfristig wurde der geplante Urlaub in Frage gestellt. Personelle Engpässe. An das Verständnis wurde appelliert. Schließlich doch grünes Licht. Auf der Fähre erstmals Urlaubsstimmung. Seewind verwehte den Arbeitsstress. Die Mienen hellten sich auf, man lachte sich an. Nachdem in der Hütte alles verstaut war, ging es an den Strand. Das Surfbrett wurde vom Auto genommen. Das Segel montiert. Der Moltoprenanzug auf den Körper gekrempelt. Ablandiger Wind, etwa Stärke 5, auf geht's, Buben!

An der draußen liegenden Sandbank türmen und brechen sich noch einmal die Wellen. Doch ich habe genügend Fahrt drauf und springe tanzend über die hinweg. Außerhalb der Bucht nimmt die Stärke des Windes enorm zu, doch der Druck auf das Segel ist gleichmäßiger. Die Wellen werden höher, aber sie sind länger. Ich werde immer lockerer und leichter, mehr und mehr gelingt es mir, mit Wind und Wellen zu spielen. Ich komme in einen Trancezustand des Glücklichseins, singe gegen den Wind mein Lied: „I am sailing …" Irgendwann meine ich umdrehen zu müssen. Ich luve langsam an, nehme Kurs auf die Bucht, die ziemlich weit weg in der Ferne liegt. Plötzlich sehe ich vor mir ein Surfsegel treiben. Das wird jemand vermissen, denke ich, doch ich kann es nicht bergen, Strandgut, irgendwann treibt es an die Küste. Als ich vom nächsten Wellenberg hinabschaue, mache ich ein Surfbrett aus. Beim Näherkommen sehe ich, dass sich daran verkrampft ein Junge fest hält. Es war großer Leichtsinn, ohne Schwimmweste allein auf die offene See hinaus zu segeln.

Längsseits segle ich an sein Brett, sehe, dass die Halterung seines Masters abgebrochen ist. Ich fordere ihn auf umzusteigen. Er schafft es, über das Heck auf mein Surfbrett zu rutschen. Seine kraftlosen Bewegungen zeigen, dass er körperlich am Ende ist. Als ich Fahrt aufnehme, merke ich, dass mein Brett ziemlich tief im Wasser liegt. Ich komme langsamer voran und muss mehrmals gegen den Wind kreuzen. Trotz der Kraftanstrengung singe ich voller Inbrunst:

„… we are sailing, home again … across the sea …
stormy waters … to be free …"

Als der Junge hoch schaut, erwidert er mein Lächeln. Ich danke Gott, dass er mir die Chance gibt, ein Menschenleben zu retten. Es ist der höchste Triumph, der einem Menschen zuteil werden kann. Ich fühle mich auserwählt: Glory Hallelujah!

Der Tag, der ist so freundlich

Das Innere der Wallfahrtskirche in Conques wird nur von Kerzen erhellt, die mit ruhiger Flamme auf dem Altar brennen. Plötzlich wird die Stille von Orgelspiel durchbrochen. Auf einer Bank in der Mitte des Kirchenschiffes lasse ich mich nieder. Ein Dominikanermönch spielt aus Bachs Orgelbüchlein einige Fugen. Ich bin innerlich sehr bewegt von den sphärenhaften Klängen, die mit leichtem Nachhall von den Gewölben auf mich kleinen Tropf niederbrausen.

Ein Satz von E.M. Cioram kommt mir ins Bewusstsein: „Gott kann Bach dankbar sein, weil Bach die Existenz Gottes beweist."

Es ist mein Bekenntnis zu beiden. Als Europäer habe ich eine Heimat im christlichen Abendland. In der Bibel steht: „Gott hat uns nicht gegeben einen Geist der Furcht, sondern einen Geist der Kraft, der Liebe und der Besonnenheit." Persönliche Belastungen wie die trostlosen Jahre der Arbeitslosigkeit, das Scheitern der Ehe, die berufliche Ungewissheit nach Projektabschluss verlieren ihre Bedeutung.

Auch übergeordnete Probleme wie Bevölkerungsexplosion, Kluft zwischen arm und reich, sowie ökologische und kriegerische Katastrophen werden durch die Atmosphäre des Kirchenraumes und die Bach'schen Choräle hinweggewischt:

„Der Tag, der ist so freundlich!"

Der Blick wird frei für eine sorgenfreie Zukunft.
Eine spirituelle Wärme durchströmt meinen Körper.
Die von der Steineskälte erstarrten Glieder werden von pulsierendem Blut durchströmt, ein tiefes Gefühl der Dankbarkeit erfüllt mein Herz.

Ich falte meine Hände und danke Gott für seine Barmherzigkeit, derartig Erhabenes erleben zu dürfen.

Meine Lippen formen die Worte eines Bittgedichts der Vereinten Nationen:

„Herr, unsere Erde ist nur ein kleines Gestirn im großen Weltall.
An uns liegt es, daraus einen Planeten zu machen,
dessen Geschöpfe nicht von Kriegen gepeinigt werden,
nicht von Hunger und Furcht gequält,
nicht zerrissen in sinnlose Trennung
von Rasse, Hautfarbe und Weltanschauung.
Gib uns Mut und die Voraussicht, schon heute
mit diesem Werk zu beginnen, damit unsere Kinder und
Kindeskinder einst mit Stolz den Namen Mensch tragen."

Am Ende der Reise

Mir dem Rollator habe ich den Weg von meinem Bett bis auf den Balkon geschafft. Meine Frau hilft mir in den Sessel. Die Sonnenstrahlen der schon tief stehenden Sonne werfen lange Schatten in den Park. Dunkel ist es unter der ausladenden Krone der 300 Jahre alten Linde. Der hintere Teil der Parkanlage wird begrenzt durch eine hohe schwarze Mauer.

Erst wollte ich es nicht wahrhaben, dem Krebs verfallen zu sein. Dann war ich unzufrieden, haderte mit Gott, war neidisch auf die Gesunden. Es folgte der aussichtslose Kampf gegen die wuchernden Metastasen, der mich schwächte und depressiv machte. Nun habe ich endlich die innere Ruhe gefunden, habe Frieden mit mir und der Welt geschlossen. Ich akzeptiere die Wahrheit des Körpers und den nahen Tod. Meine Kraft geht zu Ende, der Weg zu Gott ist eine Gnade.

Das Aufziehen unserer Wanduhr hat meine Frau übernommen. Mit dieser alten Uhr verbindet mich ein freundschaftliches Verhältnis. Ihre Zeiger bewegen sich ruckartig, sie tickt im Sekundentakt. Mein Zeitempfinden ist filigran. Angesichts des Todes erlebe ich jeden Wimpernschlag als einzigartig. Jede Sekunde ist einmalig, nicht wiederholbar, ein wertvolles Geschenk.

Meine Seele ist eingestimmt auf Worte von Hermann Hesse, die er in seinem Gedicht „Stufen" gefunden hat:

„Wie jede Blüte welkt und jede Jugend
Dem Alter weicht, blüht jede Lebensstufe,
Blüht jede Weisheit auch und jede Tugend
Zu ihrer Zeit und darf nicht ewig dauern.
... muss das Herz bereit zum Abschied sein ...
... noch in der Todesstunde
Uns neuen Räumen jung entgegen senden ..."

Ich schlafe viel und bin müde. In wachen, schmerzfreien Phasen habe ich mich von allen lieben Menschen verabschiedet, auch von der alten Linde in unserem Park. Ich bin fest davon überzeugt: Bald wird sich für mich eine völlig neue Welt eröffnen, die unbeschreiblich weit ist und über alles hinausgeht, was ich bisher erfahren habe. Ich werde die schwarze Wand des Todes durchbrechen, schimmerndes Licht wird mich erwarten. Im Schatten der Linde werde ich mich von meiner Frau verabschieden. Sie sitzt neben mir und lächelt mich an. Ich bin glücklich. Gemeinsam sprechen wir „unser" Gebet:

„Von guten Mächten wunderbar geborgen,
Warten wir getrost, was kommen mag ..."

Es liegt in der Absicht dieser kleinen Abhandlung, die bunte Palette der Glückserlebnisse zu erweitern. Natürlich wird es nie möglich sein, die Weite und Tiefe menschlicher Empfindungen zu erfassen und sie gebührend darzustellen. Vielleicht ergeben sich jedoch Anregungen, seine eigenen Glücksvorstellungen zu differenzieren und neue Glückspfade aufzuspüren.

Glück ist Folge einer Tätigkeit

So soll sich Aristoteles vor 2000 Jahren geäußert haben. Diese Meinung vertrete auch ich. Doch um eine gewünschte Tätigkeit auszuüben, muss man Glück haben. Zur Ausbildung als Zimmerer bewarben sich allein an meiner Berufsfachschule mehr als 200 Jugendliche, davon bekamen 25 einen Ausbildungsplatz. Zwei waren Mädchen, eine davon bin ich. Wir beide wussten, worauf wir uns eingelassen hatten. Man hatte uns auf körperlich schwere Tätigkeiten hingewiesen. Nach meiner Abschlussprüfung in einem viertel Jahr werde ich in diesem Beruf weiter arbeiten und dann meine Meisterprüfung machen.

Ich will von einem Arbeitsprojekt berichten. Es hat mich fachlich und menschlich enorm weiter gebracht. Es geht um den Bau einer Bockwindmühle. Das Mühlenwesen gehört - wie die Erfindung des Rads - zu den frühesten Errungenschaften der Menschheit. In unserem Dorf gibt es einen Windmühlenberg. Aus historischen Dokumenten ist zu entnehmen, dass auf ihm über Jahrhunderte ein Bockwindmühle stand. Die Überreste waren jedoch nur Trümmer und Schutt. Windmühlfreunde und Landeskonservator wurden in Nachbardörfern fündig. Sie kauften den Gemeinden die Überbleibsel von Mühlenteilen ab. Ich rümpfte die Nase, als ich das Sammelsurium sah. Mein Meister war ganz anderer Meinung. Auf einem Mühlenbasar fand er noch andere „Schätze". Nicht verwendbare oder fehlende Teile wurden von uns angefertigt.

Nachdem die Betonbauer vier große Blockfundamente betoniert hatten, gehörte uns Zimmerern die Baustelle. Wie eine Fußballmannschaft schworen wir uns ein, unser Bestes zu geben. Ein Zeitplan wurde vorgegeben, den es einzuhalten galt. Unser Meister ist Mühlenexperte, sein Sinnspruch für das Projekt lautet:
    „Ein Mühlenstein und ein Menschenherz sind stets herumgetrieben.
    Wo beides nichts zu reiben hat, wird beides selbst zerrieben."

Ich interpretiere das so: Um zufrieden und glücklich zu sein, muss man Probleme lösen, Hindernisse aus dem Weg räumen.

Stichwortartig zu unseren Arbeiten: Die Arbeitsabläufe sind miteinander verzahnt, jede Arbeitsgruppe muss im Takt bleiben. Der Mühlensockel wird in Holz- Verbundweise hergestellt. Der lotrechte Eichenbalken, auf dem die drehbare Mühlenkappe ruht, hat einen Querschnitt von 70 mal 70 cm. Bevor das mit Schindeln gedeckte Dach aufgesetzt wird, werden die schweren Getriebe- und Zahnräder mit einem Kran eingefahren. Zum Schluss werden die neun Meter langen Flügel montiert.

Am Tage des Richtfestes und der Einweihung wird die Mühle in den Wind gedreht. Mit einigen Kameraden stehe ich unterhalb des Kammrades. Plötzlich beginnen alle Getriebe sich zu drehen, erst ganz langsam, dann immer schneller. Auf den Mühlenkasten übertragen sich leichte Vibrationen. Unser Inneres schwingt mit, wir reißen die Arme hoch, wir haben es geschafft, die Kraft des Windes wird auf die schweren Mühlensteine umgeleitet. Unser Jubelschrei dringt bis nach unten, wo geladenen Gäste dem Festakt beiwohnen. Unter ihnen steht unser Meister. Er lacht laut und klatscht in die Hände. Ich bin unglaublich glücklich.

Ich stimme dem alten Griechen zu: Eine erfolgreich abgeschlossene Arbeit, die Anerkennung findet, steigert mein Selbstwertgefühl bis ins Glücklichsein!

Gott lass mich sterben

Der Filmregisseur Thomas Grube hat die Berliner Philharmoniker mit seinem Dirigenten Simon Rattle auf ihrem „TRIP TO ASIA" begleitet. In dem Film erzählen die Künstler von „Zweifeln und Leistungsdruck, Freundschaft und Konkurrenz, Aufbruch und Abschied - aber auch von der ewigen Sehnsucht nach Einklang und Erfüllung."

Hier einige Aussagen von Künstlern und Dirigent:

+ Ich brauche die Musik für meine Seele
+ Eins sein mit dem Kosmos, abheben, fliegen können
+ Der einsame Kampf mit dem Instrument, Momente großer
  Einsamkeit
+ Man denkt natürlich, jede falsche Note, die ich spiele, ist mein
  Todesurteil
+ Du bist nicht die wichtigste Person hier, man muss seinen Platz in
  einem viel größeren Bild finden! Das Ich an die Seite räumen und
  sagen: Jetzt machen wir zusammen Musik!
+ Mit aller Leidenschaft das erreichen wollen, was man sich als Ziel
  gesetzt hat
+ Was man in Taipei erlebt hat, das war einfach orgiastisch
+ Musik ist einfach eine unschlagbare Droge. Und ich bin glücklich,
  bis ans Ende meiner Tage ein Süchtiger zu sein
+ Lieber Gott, lass mich jetzt sterben, ich bin so glücklich, wie ich
  noch nie in meinem Leben sein konnte.

Der atmosphärische „Einklang" verklingt, der Vorhang fällt, die Zuschauer erheben sich spontan von ihren Plätzen und zollen dem faszinierenden Filmerlebnis Beifall. Sie durften das Glück der musizierenden Künstler mit erleben und teilen.

Musik bis zur Glückseligkeit

Füllig und farbstark quellen die Töne aus der Violine von Yossif Ivanov. Jeder einzelne von ihnen besitzt Deckkraft und Aussage, egal ob der belgische Künstler ihn aus dem Instrument streicht, zupft oder reißt. Es entsteht eine Musik von großer Bestimmtheit und einer Sogkraft, der sich niemand entziehen kann. Knisterfreie Stille während und hundert aufspringende, jubelnde und trampelnde Zuhörer am Ende des ersten Teils des Konzerts.

Im zweiten Teil haben der Künstler und sein Begleiter am Flügel, Luc Devos, ein harmonisch spannendes, verspieltes Werk gewählt, das gern den Rollentausch probt: Mehrfach ist es der Flügel, der der prominenten Violine die Themen diktiert oder sie zu quirligen Dialogen herausfordert. Die beiden zeigen ein eindrucksvoll abgestimmtes Zusammenspiel, das beiden Instrumenten Geltung zugesteht und sich wunderbar als Ganzes hören lässt. Die gehauchten Melodiebögen des lyrischen Mittelsatzes verweisen auf die reiche Palette an Ausdrucksmitteln.

Erstaunliche Größe erreicht das Können beider Musiker im letzte Teil des Programms, Ravels Hommage an die Zigeunermusik Tzigane. Ein Ende, nach dem man glücklich nach Hause gegangen wäre - hätte Ivanow nicht noch die „Poeme" von Chausson, eine herzzerreißende, technisch perfekte Interpretation von Waxmans „Carmen" und zwei Zugaben anzubieten gehabt. So ging man etwas später.

Dafür sehr, sehr glücklich!

Katrina Burkert berichtet in der „Passauer Neue Presse" vom 13.10.2007 vom Europäischen Jugend- Musik- Festival. (Auszug)

Das Lächeln des Kindes

Früher war die Haut dicker. Man schien von einer unsichtbaren Schutz-Hülle umgeben zu sein. Unangenehme Dinge drangen nicht so schnell in einen hinein. Heute bin ich anfälliger für belastende Probleme. Jedoch, diese Feinfühligkeit hat auch ihre guten Seiten. Man spürt auch leichten, wohltemperierten Windhauch. Diese positiven Empfindungen bereichern das Leben. Sie können als Glücksmomente wahrgenommen werden. Ein solches „Highlight" hat meinen Tag aufgehellt.

Meine Tochter hat wichtige Erledigungen zu machen. Ich bin in ihrer Wohnung und darf Hüterin ihres Babys sein. In kurzen Zeitabständen schleiche ich in das Kinderzimmer und schaue nach unserem teuren Schatz. Ich beobachte das gleichmäßige Atmen, denke an die Entwicklung seit ihrer Geburt: Schon nach einigen Tagen war sie ein „Greifling". Berührte man die Handteller, so schlossen sich die Finger zu einer Faust. Dann fing sie an mit den Beinchen zu strampeln und mit den Ärmchen unkontrolliert zu zappeln. Im Schlaf huschte ab und an ein kurzes Lächeln über das Gesicht, das „Engelslächeln".

Heute ist die kleine Carla drei Monate alt. Als ich mich über ihr Bettchen beuge, öffnet sie die Augen. Plötzlich entspannen sich ihre Gesichtszüge. Sie lächelt mich an, ein anmutiges, leichtes Lächeln, tausendmal schöner als das der Mona Lisa. Verbindet sie mit mir etwas Gutes, nimmt bewusst die Umwelt wahr, will sie gnädig und freundlich stimmen, will aufgenommen werden? Zärtlich nehme ich das kleine Menschenkind aus seinem Bettchen, halte es in meinen Armen, schwebe mit ihm durch den Raum, bin beglückt vom schönsten aller Geschenke, das Lächeln eines Kindes. Ein Glückserlebnis, das sich nicht in Worte fassen lässt.

Die Stille suchen

Die Wege im Park sind vereist. Das Gehen ist beschwerlich. Die dünne Schneedecke gibt keinen Halt. Der kleine See ist zugefroren. Die Äste der Weiden sind mit Eiskristallen ummantelt. Auf einem Pfahl sitzt unbeweglich ein Fischreiher. Wir sind beide allein. Letzte Sonnenstrahlen tauchen die Winterlandschaft in mattes Licht. Ich habe die Stille gesucht und sie gefunden. Das eben Erlebte muss Zeit haben, aufgenommen, verarbeitet, gedeutet zu werden. Die lärmende Welt würde dabei stören.

Heute hatte ich Fahrdienst. Mit meiner Tochter holte ich drei ihrer Freundinnen ab, alle waren zu einer Geburtstagsparty eingeladen. Meine Tochter saß angeschnallt neben mir, die drei rangelten sich hinten im Wagen. Alle schnatterten und lachten durcheinander. Die Landstraße war vom Schnee geräumt, aber glatt. Es ging leicht bergan. Hinter einer Kurve sah ich einen

Laster mit Anhänger in Gegenrichtung. Meines Erachtens fuhr er zu schnell. Der Punkt unserer Begegnung lag genau in der Kurve. Kurz davor fuhr mein Auto nach rechts weg von der Straße. In Bruchteilen von Sekunden habe ich das Lenkrad nach rechts gerissen. Wir holperten durch aufgeworfenen Schnee auf ein abschüssiges Feld. Als wir zum Stehen kamen, drehte sich der Anhänger quer über die Straße. Er hätte den Fahrgastraum meines Wagens abrasiert und uns zerquetscht.

Feuerwehr und Verkehrspolizei halfen, meinen Wagen wieder flott zu machen. Die Männer schüttelten den Kopf, für sie war der Ablauf unfassbar. Worte fielen vom siebten Sinn und dem Engel, der uns beschützt hat.

Unbeweglich wie der Fischreiher stehe ich wie versteinert am See. Dann wische ich Tränen aus meinem Gesicht und mache mich auf den Weg, die Rasselbande abzuholen. Ich fühle mich von einer unsichtbaren Macht beschützt. Das macht mich demütig und glücklich.

Frei sein zur Versöhnung

Der intensive Klingelton stört ganz ungemein. Er passt nicht in meinen Traum. Nach kurzer Pause zerrt er wieder an meinen Nerven. Ich knipse die Nachttischlampe an. Es ist kurz vor drei. Als es wieder klingelt, nehme ich den Telefonhörer ab: „Hallo!"
„Bist du es Harald, hier ist Britt!"
Völlig verstört frage ich: „Ist was passiert?"
„Nein, eigentlich nichts, aber ich wollte dir unbedingt etwas sagen!"
„Na, dann schieß mal los!"
„Also, ich hab mich die ganzen Jahre recht schäbig verhalten, war dir gegenüber meist missmutig und grantig. Dafür will ich mich entschuldigen."
Mir verschlägt's den Atem.
„Bist du noch dran?"
„Ja, ja,"

„Ich hoffe du akzeptierst meine Entschuldigung, bist nicht nachtragend. Das Kriegsbeil ist begraben, Harmonie ist angesagt - einverstanden?"
„Ja, ja!"
„Na also, dann, ich freue mich. Grüße Mam schön, bis bald!"
Die Verbindung ist abgebrochen.
Ich setze mich seitlich auf das Bett, fasse an meinen Kopf. Hab ich geträumt? Seit meinem Einzug vor drei Jahren hat meine Stieftochter keine Gelegenheit ausgelassen, mich als Eindringling vorzuführen.
Meine Frau und ich haben alles versucht, das Verhältnis zu entspannen. Doch wir hatten nicht die Spur einer Chance. Und nun dieser nächtliche Anruf aus Australien. Ich fühle mich nicht in der Lage, den Sinneswandel zu analysieren. Fest steht, dass endlich wahr wird, worauf ich lange gewartet habe, ein spannungsfreier liebevoller Umgang in unserer Familie. Zweifellos wird meine Frau meine Freude teilen!

Mit dem Schlafen ist es vorbei. Ich ziehe mich an und werde zum Fluss wandern, um den Sonnenaufgang zu genießen. Dieser Glückstag muss mit einem Hochgefühl begonnen werden.

Geborgensein

Vor dem Schuppen liegt ein Haufen Krimskrams: Ein alter Besen, eine Holzharke, bunte Kleidungsstücke, zerbeulte Blechdosen, ein Schirm. Die Stare haben unsere roten Süßkirschen entdeckt. Sie sind schon mehrmals in der Baumkrone gelandet. Opa hat beschlossen, eine Vogelscheuche zu bauen. Er ist zum Baumarkt gefahren, um noch irgendwelches Zeugs zu holen.

Ich greife mir den Schirm. Das Aufspannen ist nicht ganz ohne. Endlich schnappt er ein, eine Seite hängt herunter. Doch er sieht bunt und lustig aus. Ich halte ihn über den Kopf und tanze im Garten umher, springe über die Beete und singe: „O, mein Papa, das ist ein großer Künstler, wie er lacht, wie er hopst, wie er springt ..." Plötzlich fängt es an zu tröpfeln, erst ein wenig, dann immer stärker. Auf dem Rasen steht mein Spieleimer, da setze ich mich rauf. Da der Schirm kaputt ist, muss ich mich ganz klein machen, um nicht nass zu werden.

Ich bekomme einen Schreck, als von hinten eine Plastikdecke über meinen Schirm gelegt wird. „Nun siehst du, wofür eine Tischdecke gut ist", sagt mein Opa und rennt in die Laube. Denn nun fängt es richtig an zu regnen. Dicke Regentropfen prasseln auf mein Dach. Sie zerspringen zu kleinen winzigen Fontänen. Von Bäumen und Sträuchern kann man nur noch die Umrisse erkennen. Das trommelnde Geknatter geht zu einem gewaltigen Rauschen über. Ich kreische so laut ich kann vor übermütiger Freude! Da draußen schüttet es, und ich sitze in meiner Höhle im Trocknen. So leicht ist es, dem Wettergott ein Schnippchen zu schlagen. Der kann alle Schleusen öffnen, ich sitze geborgen im Trocknen - ein einmaliges, geiles Erlebnis!

Irgendwann lässt das Rauschen ein wenig nach. Ich kann wieder Bäume und Hecken ausmachen. Alle Pflanzen und auch Opa werden zufrieden sein über die kleine Husche. Ich muss meiner Freundin von meinem Höhlenerlebnis berichten. Die wird Bauklötzer staunen!

Hans im Glück

Über die Hälfte der Schüler unserer Berufsschulklasse waren Halbwaise. Auch mein Vater kam aus dem Krieg nicht zurück. Mir ist noch heute ein Rätsel, wie meine Mutter uns drei Kleinkinder aus Ostpreußen in den Westen brachte. Das Leben begann, als uns nach Jahren bitterer Not eine kleine Wohnung zugewiesen wurde. Ich bekam eine Lehrstelle an einer Berufsfachschule. Die Ausbildung war die Startrampe für mein späteres berufliches Leben. Durch einen jungen Berufsschullehrer bekam ich einen enormen Motivationsschub. Das Lernen und Arbeiten machte mir Spaß. Die Lehre wie auch das anschließende Ingenieur - Studium beendete ich mit guten Ergebnissen.

Als selbstständiger Statiker und Architekt gründete ich eine Bauträger - Gesellschaft. Ich baute über 300 Ein- und Mehrfamilienhäuser und Wohnanlagen in alten Fabriken. Geschäftlich erfolgreich wohnte ich mit Mutter, Frau und drei Kindern in einer erstklassigen Stadtvilla. Das Leben hatte es gut mit mir gemeint. Nach der Wende wollte ich beim Aufschwung Ost mit einigen Millionen mitmischen. Doch ich saß Betrügern auf. Um die Jahrtausendwende war ich pleite. Doch es kam noch schlimmer: Direkt vor meinem Landsitz bei Lübeck wurde die Ostsee-Autobahn gebaut. Die Immobilie wurde wertlos und kam unter den Hammer.

Heute lebe ich bei einer meiner Töchter auf dem Lande. Als Rentner versuche ich mich mit gutachterlichen Tätigkeiten über Wasser zu halten. Die Lebenslinie verläuft nicht gradlinig, sie ist krumm, nicht berechenbar, sie ist kreisförmig. Oft wandere oder radele ich mit meiner Frau durch Wald und Flur. Die Natur offenbart sich mir, ich fühle mich mit der Welt verbunden, mit der ich ein Ganzes bilde. Ich fühle mich wie der Hans, bin rundum glücklich.

Krise und Neuanfang

Nach der Geburt des zweiten Kindes trennte ich mich von meinem Partner. In seinen Zukunftsplänen hatten meine Kinder und ich keinen festen Platz. Ich schlidderte in eine kritische Situation. Doch jede Krise trägt auch die Chance eines Neubeginns in sich. Mein vierjähriger Jonas liebte seinen Kindergarten. Mein Baby fühlte sich an meinem Körper sehr wohl. Mein Job war mir wichtig, ich wollte meine Arbeitsstelle nicht verlieren. Fast nahtlos kam ich meinen beruflichen Verpflichtungen nach. Als allein erziehende Mutter belasteten mich die häuslichen Verpflichtungen enorm. Wie kann man sie reduzieren? Im Internet schaltete ich eine Anzeige. Unter „Patchwork" suchte ich einen Partner oder eine Partnerin mit Kleinkind(ern) für eine WG. Ich war überrascht, als eines Abends ein Vater mit seiner Tochter vor meiner Tür stand. Das keine Mädchen hatte es mir angetan. Mit dem Vater verabredete ich mich in Mittagspausen zu Informationsgesprächen. Wir stimmten unsere Vorstellungen aufeinander ab und fanden tragbare Kompromisse. Wir zogen in eine Altbauwohnung mit mehreren Schlaf- und Kinderzimmern.

In unserer „Familie" gab es einen festen, unumstößlichen Termin: Das gemeinsame Essen zur Abendzeit. Ich suchte nach einem weiteren verbindenden Element und fand es: Ein Kunststoffgeflecht und etwa acht Zentimeter lange Wollfäden. Die wurden mit einem Häkelhaken mit dem Raster verknüpft. So entstand ein bunter, dicker Teppich. Nachdem er nicht mehr auf den Tisch passte, legten wir ihn in die Mitte des Wohnzimmers. Zeitweise waren seine Umrisse recht bizarr, da jeder recht unterschiedliche Arbeitsergebnisse erzielte. Irgendwann begann Vater Winfried damit, den Teppich fliegen zu lassen. Er erzählte aus dem „Märchen 1oo1 Nacht". Nun war auch ich gefordert, die indischen Erzählungen von dem fliegenden Teppich zu lesen und zu erzählen.

Es blieb nicht nur bei Aladdin und der schönen Tochter des Sultans. Unsere Familie flog rund um die Welt. Für uns alle waren das glückliche Flugstunden, die uns gemeinsam phantasievolle Erlebnisse bescherten. Keiner von uns will sie missen, noch heute lassen wir sie lebendig werden, wenn wir „Kriegsrat" auf unserem guten Stück im Wohnzimmer abhalten.

Eine Hütte am See

Meine Mutter hatte alles im Griff. Als Krankenschwester war sie auch im Schichtdienst eingesetzt. Trotzdem versorgte sie meinen Bruder und mich mit großer Hingabe. Manchmal schien sie erschöpft, doch sie versuchte, es sich nicht anmerken zu lassen. Mein Vater gab auch sein Bestes. Er war nur ab und an zu Hause. Von Beruf war er Fernfahrer, steuerte dicke Brummis quer durch Europa. Auf dem Kalender in der Küche waren seine freien Tage eingetragen. Sie ergaben ein recht zerrissenes Bild.

In den Herbstferien hatte er einige Tage frei. Am ersten Tag brachte er seine Frau in ein Wellness - Hotel. Am zweiten verfrachtete er uns in sein Auto: Mich, meinen Bruder Manni und unsere beiden Freunde Harry und Andi. Ausgerüstet war jeder mit einem Schlafsack und warmen Klamotten. Keiner wusste, was auf uns zukommen würde.

Nach etwa zwei Stunden Fahrt verließen wir die Asphaltstraße. Auf einem Sandweg schaukelten wir durch den Wald. Er endete vor einer Hütte. Wir sprangen aus dem Auto. Durch das Herbstlaub glitzerte ein etwas tiefer gelegener See. An einem kleinen Steg schaukelte ein Kahn. Vater schloss die Hütte auf und wir verstauten unsere Schlafsäcke in den Etagenbetten. Vor der Hütte gab es einen Grillplatz. Um ein Feuer zu machen schwärmten wir aus und sammelten trockenes Holz. Abends wurde ein großer Topf mit Chili von Carne gekocht. Wir hauten uns die Bäuche voll. Danach saßen wir eingemummelt in Decken und lauschten das erste mal in unserem Leben auf die Geräusche der Nacht.

Noch heute nach 50 Jahren spinnen wir unsere Gedanken um die Herbsttage am See: das Herumbalgen im trockenen, raschelndem Laub, das Schnitzen von Segelbooten mit Segeln aus Federn, das Angeln und Rösten der Fische auf dem Grill; nach dem Baden erwärmten sich unsere ausgekühlten Körper vor dem Feuer. Mein Vater musste Geschichten erzählen. Damals wollten wir alle Fernfahrer werden. Oft waren wir ganz auch ganz still und lauschten in den Wald hinein.

Mein Sohn ist etwa so alt, wie ich damals war. Er ist bei den Pfadfindern, schwärmt von Natur- und Gemeinschaftserlebnissen. Ich freue mich, das nachempfinden zu können: „Eine große und ewige Schönheit geht durch die Welt." Wer sie wahrnimmt und verinnerlicht, ist glücklich.

Nimm es an - kämpfe nicht dagegen

Was für eine Hoffnung am Anfang! Wir hielten sie hoch. Doch dann die niederschmetternde Diagnose: Knochenkrebs - und gleich darauf: Hirnmetastasen. Nach der Brustoperation die entscheidende Nachricht: Neun Lymphknoten sind befallen, die schützenden Schleusen für den Feind weit geöffnet.

Meine geliebte Frau und ich waren trotz der lebensbedrohenden Zustände über ein ganzes Jahr guten Mutes. Ab und an schien unser Lebensglück auf höchstem Stand. Im jährlichen Freundesbrief sang ich eine Dankeshymne auf das Glück - UNSER GLÜCK! Nie vorher schien es mir so deutlich erkennbar gewesen, so schlicht spürbar.

Unser Nebeneinanderlaufen im Wald, der Blickkontakt am Tennisplatz nach dem Bällesammeln, das Nachhauseradeln zum Sonnenfrühstück im Strandkorb! Und unsere täglichen Qi-Gong-Übung, wenn wir eine halbe Stunde lang diese schönen, verschlungenen Bewegungen mit den Armen und Händen machten, Aug in Aug, nach der Himmelssphären-Musik der Loreena Mc. Kennit: Das war Glück, UNSER GLÜCK!
Wenn ich jetzt diese überirdisch schöne CD höre, erinnere ich mich bei bestimmten Stellen an meine sekundengleichen Gefühle und Gedanken damals, dann halte ich es nicht aus.

Klaus Feierabend: Nachgespräche und Zurufe (Auszug)

Ermuntert euch und singt

Die jungen Leute verlassen die Kirche. Ich möchte noch nicht gleich auf die lärmende Straße. Mein Wunsch ist, das eben Erlebte nachklingen zu lassen. Über eine gewendelte Treppe erreiche ich die Empore. Von einem Eckplatz an der Brüstung schweift der Blick durch das Kirchenschiff. Ich liebe die klaren Formen gotischer Gewölbe: Die statisch tragenden Kreuzrippen mit den dazwischen liegenden Gewölbeschalen. Ich bewundere die geistige Kraft, die Vitalität und Zielstrebigkeit meiner Vorfahren vor 6 Jahrhunderten, derartige Bauwerke zu schaffen. Der Ort hat Seele, hier kann Frieden entstehen.

Ich lasse die Geschehnisse der letzten 90 Minuten an mich vorbei ziehen: Mit einem Strom junger Menschen werde ich in die Kirche hinein gespült. Es ist ein bunt zusammen gewürfelter Haufen von 11 bis 18 jährigen Schülern. Die jüngsten zeigen sich kindlich verspielt: Buben zupfen den Mädchen an den Haaren; ältere halten liebevoll Händchen. Die meisten blicken erwartungsvoll drein - ein Zeichen von Sinnsuche? Wollen sie Abstand gewinnen von dem Vernunft orientiertem Unterricht, den Versuch wagen, Freiräume zu entdecken für ein anderes, besseres Leben? Suche nach einem Etwas, was nicht ich selber bin? Eine große differenzierte emotionale Spannweite gibt es in dem turbulenten Lebensabschnitt! Deshalb hat man mir einen Zettel in die Hand gedrückt: Um Mithilfe wird gebeten für den Ablauf eines würdigen Gottesdienstes.

Entscheidend ist der Beginn, der Auftritt des Show-Masters, seine Körpersprache, seine Worte. Der Pfarrer ist ein Profi, er macht seine Sache gut. Nach der Begrüßung stellt er junge Gemeindemitglieder vor, die etwas aus dem Leben von Paul Gerhard vortragen werden. Er wäre heute 400 Jahre alt geworden. In einem Frage- und Antwortspiel wird das Leben des bedeutenden Mannes dargestellt. Er musste 30 leidvolle Jahre im Krieg erleben. Dennoch hatte er die Kraft, Lieder und Gedichte von großer Schlichtheit und Gefühlswärme zu schaffen.

Einige dieser Lieder werden nun von Sarah vorgetragen. Eine junge, hübsche Frau tritt mit ihrer Band auf. Sie hat eine ergreifende, betörend schöne, voluminöse Gospel-Stimme. Als sie das junge Volk auffordert mitzusingen und zu rappen, kommen sie ihrer Bitte nach. Im Stehen machen sie rhythmische Bewegungen und schnipsen mit den Fingern. Schwungvoll ist die Brücke zu Paul Gerhard geschlagen.

Die ganz weit von hinten kommenden aufmunternden Lebenswünsche des Pfarrers werden von dem jungen Volk auf- und wahrgenommen. Das

Gestern gibt Lebenshilfe für gegenwärtiges und zukünftiges Handeln. Die Worte helfen dem Jugendlichen, seine Identität zu finden. Das „Vaterunser" bindet die christliche Gemeinschaft.

Die Kirche leert sich. Vor dem Altar steht Sarah in einer Traube von Jungen und Mädchen. Ab und an hört man sie lachen, fast synchron mit Sonnenstrahlen, die von den Wolken frei gegeben werden. Dann erleuchten auch die bunten Kirchenfenster. Ich fühle mich reich beschenkt, summe leise für mich hin: „Geh aus mein Herz und suche Freud". Ich bin glücklich, weil ich die mich umgebende Welt tief und innig liebe: Das erfrischende Engagement junger Menschen, die Harmonie des Zusammenseins, die klaren Worte der Bibel, die einfühlsamen Lieder Paul Gerhards, die herrliche Stimme Sarahs, den gewölbten Kirchenraum, das helle Blau der Kirchenfenster …

Segen erbitten

Eine Freundin hat mich gebeten, umgehend in ihr Café zu kommen. Dort stellt sie mich einer gut gekleideten Dame vor, die mich zu einer Tasse Kaffee einlädt. Wir plaudern ganz zwanglos miteinander. Dann sagt sie recht unvermittelt, ich könne morgen früh bei ihr im Geschäft anfangen. Die Arbeitsbedingungen sind akzeptabel, das Angebot verlockend, Zeit zum Nachdenken brauche ich nicht. Sie verabschiedet sich mit einem fröhlichen: „Also dann bis morgen um acht!" In meinen kühnsten Träumen habe ich nicht gewagt, zu einem solchen Traumjob zu kommen. Mein Aufenthalt ist gesichert wie auch die finanzielle Basis während meines Studiums. Ich kann es noch gar nicht fassen!

Da sehe ich in der Ecke des Cafés eine Nonne sitzen. Ihr Habit zeigt, dass sie vom Orden Teresitas ist. Er steht in meinem Heimatland in hohem Ansehen. Spontan gehe ich auf sie zu, knie mich vor sie nieder, falte meine Hände und bitte:

„Madrecita, yo quiero una bendicion!"

Die Nonne legt ihre beiden Händen auf meinen Kopf und segnet mich. Danach richtet sie mich auf und umarmt mich zärtlich. Ich bedanke mich und gehe nach draußen. Es hat angefangen zu nieseln, ich schlendere durch einen menschenleeren Park. Mein persönlicher Schicksalsweg hat eine positive Wende bekommen. Ich weiß, dass alles gut wird, bin unsagbar glücklich!

Wenn die Kraniche ziehn ...

Zu Weihnachten haben wir ihn herbeigesehnt, nun hat er uns verspätet heimgesucht: Der Schnee. Krokusse und Osterglocken werden von seiner Last erdrückt. Das unangenehme Schmuddelwetter regt zum Kinobesuch an. Der russische Regisseur Michail Kalatosow hat vor 50 Jahren einen Anti-Kriegsfilm mit dem oben genannten Titel gedreht. Mein Großvater sah ihn mehrmals und hat ihn mir empfohlen. In einem OFF-Kino wird er gezeigt.

Nur wenige Zuschauer sind im Saal - das ist auch gut so! Meine Tränen haben das Taschentuch durchnässt, mein Schluchzen hat niemand gestört. Die wunderbare Liebe zwischen zwei jungen Menschen wird dargestellt. Sie wollen einfach nur leben, malen sich eine gemeinsame schöne Zukunft aus. Doch der Krieg zerstört alles. Der junge Mann wird in einem lichten Birkenhain von einer tödlichen Kugel getroffen. Am Himmel ziehen Kraniche vorbei:

„So kann man sie von jedem Ort vertreiben,
  Wo Regen drohen oder Schüsse fallen."

Der jungen Frau bleibt erspart, den langsamen, grauenhaften Tod ihres Geliebten mit erleben zu müssen.

Der Regisseur tröstet uns mit einer ergreifenden Schlussszene. Nach Kriegsende im Mai 1945 erwartet die junge Frau ihren Mann. Mit einem Blumenstrauß steht sie auf dem Bahnsteig. Die Freude des Wiedersehens lassen ihre Augen erstrahlen. Aus Fenstern und Türen des langsam einrollenden Zuges winken heimkehrende Soldaten. Man sucht, findet einander, umarmt und herzt sich. Die junge Frau sucht vergebens, niemand kennt den Namen ihres Mannes. Die Gewissheit wächst, dass er im Krieg gefallen ist. Sie teilt das Schicksal mit etlichen anderen, die verlassen auf dem Bahnsteig herumstehen. Irgendwann überwindet sie den Leidensschock. Sie geht zu jedem einzelnen, findet tröstende Worte und verschenkt ihre Frühlingsblumen. Dann verlässt sie den Bahnhof. Sie ist nicht mehr in sich versunken und niedergeschlagen, sie geht aufrecht, ihre Gesichtszüge haben sich aufgehellt. Im solidarischen Verhalten mit den Leidenden hat sie Trost gefunden und die Chance gewahrt, eines Tages ein neues Glück zu finden.

Der Krieg ist vorbei, die Kraniche werden nicht mehr vertrieben, sie streben wie eh und je im Frühling ihrer Heimat zu.

Alle sind beseelt von dem Gedanken: Nie wieder Krieg! Den Menschen im Tale grünet „Hoffnungsglück".

Inhaltsverzeichnis

Glückspfade aufspüren
(Anne findet ihr Glück)   5

Glückssplitter auflesen
(Informationen zum Thema Glück)   59

Glücksmomente nachempfinden
(Kleine Glücksgeschichten)   91